蔡澜 著

大吃人间烟火

中国轻工业出版社

出版说明

蔡澜先生风趣幽默、洒脱不羁的个性和对生活独到的见解，让他成为文化圈的一个独特符号。他的文字，如同他的人生，充满了智慧与乐趣，让人在阅读中感受到生活的美好。

此次出版的《大吃人间烟火》是蔡澜生活哲学系列图书中的一册，本书精选了蔡澜先生64篇经典作品，涵盖了吃喝玩乐体验等主题。每一篇文章都凝结了他对生活的深度思考和独特见解。

同系列图书《今生宜大笑》，64篇精彩文章，主要涵盖了他的人生态度、穿衣哲学、做人品格等。他的乐观、豁达、风雅、幽默，总能给读者以治愈和启迪。只有阅尽繁华方能如此通透，概因活得有趣，故能不负此生！

由于蔡澜先生主要生活在新加坡和中国香港，他的作品中存在不少英语、粤语词汇以及他特有的习惯用法，这些特殊的词汇和用法，也是蔡澜先生文字风格的一部分。为了保留他的文字风格，编辑在加工处理文稿时尽量保留了他原本的行文，对于部分可能影响阅读理解的词汇，则在首次出现时，以脚注的形式进行注释。本书所有脚注均为编者注。文中提到的货币汇率，均代表写作时的汇率。文中使用的外文表述，我们尽量列出其中文译名，实在无法对应之处，在文中保留其外文名。本书文章选自蔡澜先生历年作品，文中和时间相关的表述，均以文章写作年份为基础，并不特指本书出版发行的年份。

我们希望尽可能地给读者呈现原汁原味的作品，使读者能够欣赏到蔡澜先生生动精妙而率真的作品风格。同时也能从他的文字中感受到生活的乐趣和美好。

前言

同事统计过，我出版过的书籍，已经超过三百本。这三百多本书之中，内容最多的是关于饮食，因此大家也把我当成“美食家”。

其实我并不喜欢这个称谓，我只是一个喜欢吃的人，如果比一般人多一点点这方面的知识，是因为我会比较。所谓美食，其实都是比较出来的。一碗云吞面，两家店做出来，水平各有高低，自然会选择出品较佳的一家。再去试另一家，又比这家好，从此去更好的一家。长年累月的尝试与比较，用文字记录下来，与大家分享，便成为知识，渐渐地有了点名气。

很多人说我吃遍全天下，其实单是中国的美食，三辈子都吃不完，更何况全天下呢？我运气比较好，年轻时吃过很多现在已经绝迹的美食，将以往的经验与当今的经历比较，很容易便得到结果。

举个例子，以往的黄脚鱲都是野生的，在厨房里蒸熟，打开锅盖，香味能从厨房飘散到整家餐厅。随着经济发展，大家越来越舍得花钱去吃，穷奢极侈地，把野生的吃得近乎灭绝，当今如果能偶尔吃到一条，已是运气。养殖的黄脚鱲，也有香味，但已远不如以往浓烈。

食材虽然没以往好，但厨艺与烹调的科技，应该是越来越进步的。

以往做菜，一个炉灶一个锅，就能变出万千花样，当今，每种烹调方式都有一款相应的锅，电子化的厨具更是层出不穷，微波炉与空气炸锅的出现，也让入厨的门槛越来越低，加上互联网的出

现，想做任何一道菜，通过手机就可以查到食谱，按图索骥购置厨具，采购食材，多试几遍，定能成功。当今，每个人都有能力成为大厨，问题是愿不愿意迈出这一步而已。

交通运输发达，也让我们更容易见识到世界各地不同的食物。多尝试、多比较，知识由此而来。原来同一种食材，在不同国家有不同的处理方式，又有一些食材，在不同城市，原来也是“殊途同归”。眼界变得开阔，慢慢地便会变得谦虚，更懂得欣赏其他人的文化。

人生之中，只有饮食每天最少三次，自然要花多点时间去钻研才对得起自己。渐渐地，会追求稀缺名贵的食材，鲍参翅肚只是起点，鹅肝、黑白松露、鱼子酱，一样一样地去尝试、去比较，没吃过的，未到千般恨不消。到有一天，终于尝过百般美味了，又发现这些珍馐也不过尔尔。

英语里有一个单词“Comfort Food”，意思是能同时满足味道、口福与心灵的食物，中文没有准确的翻译，我称之为“满足餐”。天下老饕，吃到最后，追求的无非就是这样一顿“满足餐”。有些人爱吃一碗米饭，配上几碟腌菜；有些人只需一碗热汤，撒上香菜葱花；有些人单有几片面包，夹上火腿芝士。

知足常乐，其实最能让人满足的食物是每天能吃到，却又吃不厌的。人间最乐，不过大吃人间烟火。

目录

第一章 物执

第二章 一茶一饭，真味至简

第三章
微醺时光

第四章
即兴对话

第五章
自己的宇宙

第六章

人生路上的相遇与重逢

第一章：物执

这种床是要等到你到处都可以打瞌睡，看电视时的沙发，看书的安乐摇摇椅，坐久了都想睡，但一看到床就睡不了，这个阶段，你知道，你已经需要一张好床了。

领带的乐趣

……

打开箱子，翻出一大堆领带，至少也有几百条。

我对领带的爱好，是受家父影响，当年他在新加坡邵氏公司上班，也常打领带，最喜爱的是一条全黑的。别人迷信，说有丧事才结，爸爸才不管，一直打着，在公司也有黑领带的外号。

箱中也有无数的黑领带，颜色一样，但暗纹不同，有窄有宽，跟着时代流行转换。穿蓝色衬衫、黑西装、黑领带，看到的人都说大方好看。

其中有些黑领带是双面的，由名厂米拉松（Mila Schon）制造，一面黑的，另一面红的，或者有五颜六色的斜纹，这家厂的制品最好，完全手工，织得上稀下密，打完后一挂，翌日笔挺。

当年也要上千块港币一条吧，我买领带绝不吝啬，在外国旅游，一看到喜欢的即买。选领带有一套学问，那就是你走进一家领带店，那么多的货物，买哪一条？很容易，像鹤立鸡群一样突出的，一定是条好领带。

在做一档香港亚视的清谈节目时，更需要每次打不同的领带，我的收藏逐渐丰富，但买来买去，最吸引我的如果不是彩色缤纷的，就是纯黄、纯红或全黑。领带能和衬衫及西装撞色，并不一定要一个系统的颜色才顺眼，比方说浅啡色[①]西装、蓝色衬衫，撞上一条黄色领带，也很好看。

但说到耀眼，还是要遇到丁雄泉先生才懂得，丁先生对彩色的研究非常了得，什么大紫大绿、粉红的广告色等俗气的颜色，一到他手上，完全变为艺术品。

丁先生的西装有时也是他自己的画印在布料上才做出来的，他的“花花世界”中有无穷的变化，就算黑白，也被他画出色彩来。

举一个例子，有一回他来港住在半岛酒店，我接他去参加一个酒会，那次他的行李丢失了，没有他独特的领带，就叫我陪他到尖沙咀的后街，从一家印度人的商店买了一条便宜的黄颜色的丝质领带，回房间后，他用黑色的大头笔，在领带上画上一群游过的小鱼，穿上黑西装、黑衬衫后，那条全黄领带简直色彩缤纷，酒会中不断地有美女前来问，领带是哪里买的。

后来我就向丁先生学画，也没举行过什么拜师礼，总之我们之间的友谊，像兄弟，像父子，像师徒。他一年来香港两次，我也尽量每年两次去他阿姆斯特丹的画室学习。

“我能教你的，不是怎么画画，而是对颜色的感觉。”他说。

从此，我买了大量的白色丝绸领带，每条二三十港币，当成白纸或油布，不停地涂鸦，当我结了领带到米兰或巴黎的时装街头时，很多人都会转头来看，欧洲人的个性就是那样，他们不会遮掩对美好事物的赞美。

“噢，是‘Leonard’?”男男女女都那么问。

---

① 啡色，广东话，咖啡色的缩略。

这家厂的衣服或领带的颜色非常缤纷和独特，每条千多至数千元，我也买过很多，后来自己会画了，就省了不少钱来。

丁先生用的颜料，为一家叫“Flashe”的法国厂制造，属丙烯酸（Acrylic），说得白一点，就是乳胶漆，可以溶于水，但是干后又不褪色，可水洗。“Flashe”产品比其他英国名厂的还要鲜艳，有的还加了荧光画的领带，结上了去的士哥[①]跳舞，紫光一照，黑暗中还能发亮，领带晃来晃去，舞伴和周围的人看了也欢呼。

这些自己画的领带用了好久，近年来我喜欢穿“源（Blanc de Chine）”设计的中式衬衫，圆领，不必打领带，就逐渐少画了。

剩下的不停地送人，也不够用，索者还是不断前来，曾经有家在机场卖领带和围巾的公司向我提议，要把我那些图案印在丝带上出售，但没有结果。

自从硅谷人不修边幅，打领带的人愈来愈少，不过领带就会从此消失吗？我想也未必，到了隆重场合，始终要打上一条。

领带是优雅年代的产物，为什么发明？传说纷纷，最讨女人欢喜的说法是：为了要牵住男人，显然不必像牛一样地由鼻孔穿去，绑在颈上就是。这当然是笑话，男人的西装，打起领带来，还是好看，因为好看，所以一代传一代地存在下来。

在领带的全盛时期，生产过不少的花样，在我的童年，还看过方便领带，已经打好了结，绑在一个三角形的塑料模子上，有一个钩，男士们只要把衬衫领子结好，扣上就是。

打领带又有很多花样，起初去派对跳舞，还要叫同学们教，打

---

① 的士哥，即迪斯科，来自“Disco”的音译，指舞厅。

了一个最复杂的温莎结，耳鬓厮磨之后，女友想帮我解领带，手忙脚乱，差点没把我勒死，这是多年前的事了。

谈眼镜

……

看中了一副眼镜，问价钱，中环的卖四千五港币，尖沙咀的三千五，友人店里说两千五。我想，跑到了旺角，应该是一千五吧?

眼镜的利润是惊人的，而且，目前的眼镜，已是时尚，讲究名牌，功能已没那么重要了，这是全世界的走向，也没什么好批评的，愿者上钩罢了。

从前，戴眼镜会被同行同学取笑的，什么“四眼田鸡”之类的名称，都是发明来骂人的。那时候大家眼睛好，不像当今小孩眼睛都有毛病，你到班上一看，不戴眼镜的那个才出奇，既然戴眼镜的人多了，就有生意做，商人当然想出把眼镜当时尚的广告来。

当今有人做过街头访问，发现没有人会只拥有一副眼镜，这么多副干什么？衬衣服呀！他们瞪大了眼睛，笑你是乡下人。

算起来，我也有上百副眼镜，放在家中一个角落，随时找，随时有，这是从倪匡兄那里学来的，当他住旧金山时，家人回香港，吩咐一做就是十副八副，因为在外国眼镜要医生证明才可以买到。

香港人才不理你，以前正式当验眼师有执照的少，在眼镜店当几年学徒就可以帮客人测眼了。

不戴眼镜不知道，仔细一看，那么一副东西，竟有十几个小小的零件，螺丝就有不少，便宜的镜片时常脱落，是件烦事，顶住鼻子的那两粒塑胶片也不稳固，我一买就是一袋，掉了自己换上。

人生已够沉重，我买眼镜，第一个条件就是非轻不可。曾经找到一副世上最厉害的，比乒乓球还要轻，可以浮于水上，奈何这种眼镜一下子就坏，用了几个月就得换另一副。

如果要轻，那么玻璃镜片一定派不上用途，得改选塑料，塑料片有一毛病，就是容易磨花，尤其是像我这种把眼镜乱丢的人，镜片一花，又要去眼镜店换了。

另一个最折腾人的，是镜片容易沾上指纹、油脂等。一脏了就非擦个干干净净不可。有种种方法应付，第一是眼镜布，最新科技做出来的，但总不好用，还是用眼镜纸，有些是带着肥皂的，有些是酒精的。每次擦完眼镜便擦手机和iPad。另有一种放进震动器，像眼镜店的，发现还是不好用。其他的有一整罐的手压喷水式的，总之看到什么擦眼镜的新发明，一定要买，家里至少有几十种。

每一家时装名牌，都会出眼镜，最初是太阳眼镜，当今连近视远视的眼镜也有，是意大利或法国做的吗？不一定，仔细一看，设计是他们，但日本产的居多。

在日本福井县，有一个叫鲭江（Sabae）的地区，专门做眼镜框，全村的人，七个之中有一个干眼镜业，你专门做螺丝，你专门做夹鼻子的钩，你专门做镜柄等等，分工分得极细，把所有部件组合起来，才成为一副眼镜。

这是有历史背景的，在十九世纪末，开始有眼镜发明时，鲭江就做眼镜，因为当地的地形，一下雪就把整个村子封住，村民出不了门，就在家里打金丝，组成眼镜的框框，一直发展到今，日本的九十五个巴仙[1]的眼镜，都在鲭江做，当今不止做给本国人，外国来的订单已逐渐多了起来，世界名牌都来找他们。

令鲭江在世界闻名的，还有另一项发明，那就是他们第一个用“钛（Titanium）”来做眼镜框。钛是一种世上最轻，但又最牢固的金属，极不容易造型，鲭江人有耐性，一条眼镜柄要敲打五百下才能造成，就打它五百下，终于给他们做出优质的眼镜来。

最近又发明了另一项，叫“纸眼镜（Paperglass）”，折叠起来，像纸一样薄，我即刻买了一副，但一下子就坏，我把它放在我旅行时必带的稿纸袋中，当成备用，平常戴的那副一出毛病，即可拿出来，放心得很。

我一直喜欢圆形的镜框，但给可恨的哈利·波特抢了风头，他那么一戴，天下人都用上那副圆形的东西，老土变成了流行，我看我要把那些溥仪式的框子藏起来了，等到大众不跟了才拿出来。

玳瑁壳的镜框也买过，并没有想象中那么好看，而且又笨重，已当成收藏的一部分。当今名设计家的作品，也一味是怪，从来不由人性考虑，重得要死。

虽然并不跟潮流，也不重视名牌，但名牌之中也有些质量极佳的，发现“诗乐（Silhouette）”不错，但说到又轻又实用又牢固，还是要算丹麦的“林德伯格（Lindberg）”了。

太阳眼镜的话，名牌子“雷朋（Ray-Ban）”有它一定的位置，当然当今也被当是老土，如果你有一副，好好收藏吧，终有一天重见天日。

---

① 巴仙，东南亚一带华人用语，由英语“percent”音译而来，意为“百分之”或“%”。

床

……

床，人生最常用，但最不受中国人重视，以为拥有是理所当然的，和白米饭一样。

一生劳碌，为生活奔波，人总是要求一天活得比一天更好，安定了下来，第一件可以展扬自己成就的是一只劳力士手表，第二件是一辆奔驰汽车，第三件是有一间房子，而至于床，没有人重视，也不知道什么是最好的，对于名床牌子的概念是模糊的。

这张我们要花生命中三分之一时间的用具，怎么可以不去研究，实在是贻笑大方。

穷的时候睡木板床，有了能力买一张海绵垫，但都是化学品做的，睡得床底一摊水。可能是中国人天生硬骨头，什么都是硬的最好吧。为什么我们一天劳动下来，不能睡在一张又软又舒服的床上呢?

看电影，美国乡下人的老夫老妻，都是睡在同一张床上。这是多么不文明，各人的生活习惯不同，到了某个阶段，应该再也不互相容忍，分床睡才是理所当然。英国人不但分床睡，而且睡室也是个别的，才算最高享受。

当年的英国对生活的要求最高，他们要睡一张最好的床，而什么床比得上国王睡的呢?

每一种英国王室用品，都有一个英国皇家徽章，一只狮子和一匹骏马，拥抱着一个盾牌，下面字句写着“英国王室御用（By Appointment To His/Her Majesty）”，是信心的保证，而得到这种牌子的东西已越来越少，每年还要重新检验，不合格即被摘下来。

许普诺（Hypnos）公司成立于一九〇四年，先受乔治五世爱用，后来英女王伊丽莎白二世一直睡这家公司的产品，当然每一张都是人工手制，用料全天然，非常环保的。

床垫用的是马尾毛编制，这一来才可以通风，里面的毛绵皆为最高级的，而弹簧更是根据人体曲线来设计，有不同的高低与硬度，非常科学。睡在上面，就像被云层包裹那么舒松。

但是买这种床，单单是用手按按，是不知道它的价值的，该公司鼓励客人睡多几次欣赏，欢迎大家来试睡，睡到你感觉它的价值方才购买。

最初接触这张床，当然是像个乡巴佬不懂个中乐趣，第一样我喜欢的是它能升降，对我这个爱在床上看书的人，的确是最大的享受。

但是医院中的床也有这种功能呀，睡在这种床上总有生病的感觉，心理上是极为反感的，而唯有这一类的高级产品，才能拥有此项功能，才完全脱离病床的感觉。

大一点的床可分两边，就算夫妻共睡，也可以不影响对方的生活习惯，另一种好处，是它设有按摩功能，像把一张电动按摩椅搬到床上一样，震呀震呀，也就一下子入眠，还有另一功能，那就是不但头部能升起，下面那边的脚部也同样可以升降，舒服无比。

当然，当你年轻的时候并不需要这种享受，当年一上床即刻倒头就睡，管得了那么多吗？这种床是要等到你到处都可以打瞌睡，看电视时的沙发，看书的安乐摇摇椅，坐久了都想睡，但一看到床就睡不了，这个阶段，你知道，你已经需要一张好床了。

现在，我们对生活质素的要求已经提高，去到酒店，也可以选择枕头的软硬，好的旅馆有十几个枕头让你去试，但是床，始终就那么一张，最多能够要求加几层床垫，要是你想更硬的，那么只有睡地板了。

随着生活质素的提高，某些经验也逐渐减少，早年的藤席，在没有冷气时睡起来是多么地清凉。大块木板铺在凳上，光身不盖被，在露天之下睡个大觉的经验，也已失去。

还有那讨厌的蚊子，一直干扰着我们的清梦，早年吊起蚊帐，整个人躲在里面，像进入母亲的胞宫，也是一种极大的享受，当今俱往矣。

这么多年来，什么床都睡过，记忆犹新的是日本的榻榻米，至今住温泉旅馆，还有这种享受，榻榻米上面的床不叫床，叫“Futon”①，睡觉之前才铺的，说硬不硬，说软不软，是一种全新的体验。到了夏天，旁边有一盏小灯，烧了一圈蚊香，再来一壶冰水，那是夏天睡榻榻米的配套。到了冬天，那张被极厚，但也不觉得重，舒服得很。

而今，看到了这张“Futon”，已有点犹豫，因为年老骨头硬，睡在地上要爬起来时，还是得花气力的，所以好的温泉旅馆中有两种睡具，西洋的床和日式榻榻米，任君选择。

---

① Futon，即可折叠成椅的日式床垫，折叠时可坐，铺开时可卧。

睡在这张天下最好的床之一的“Hypnos”，只有一种遗憾，就是为什么不早点有这种能力，买一张给自己的父母当礼物。而一早有钱的人，也很少会买这张床孝敬双亲，他们连自己也舍不得睡。

买一张高级的床，的确比买一副贵棺材好。

古龙水与男人味

……

男人一搽香水，便留给人一种娘娘腔的感觉，所以他们永远不会承认，只是说：“啊，那是洗发精的味道。”

大家都洗头，为什么又没那么香，男人又说：“啊，那是须后水的味道。”

还是德国人老实，早在一七〇九年，他们便自认搽香水，发明了古龙水，最出名的是四七一一。四七一一只是一股清香，并不像女人香水那么浓郁，坏在洒上大半瓶，味道一下子便消失了，搽了等于没搽。

跟着社会的繁荣，以及女人香水市场的饱和，商人拼命向雄性动物打主意，开发了庞大的男人古龙水生意，每年的销量，是个天文数字。

今天，男人的脸皮越来越厚，也不介意别人怎么说他，一味地大搽古龙水。而且男人不断地要求把香味加浓，本来一瓶古龙水有三个巴仙的香精油，已加到十个巴仙了。

味道最强烈，也最受欧美人士欢迎的应该是雅男士（Aramis）。有一次在飞机上遇到一个穿西装的黑人，他洒的只有十个巴仙香精的"Aramis"，怎么样也抵不过身体发出的一百个巴仙的狐臭，这种混合了的"毒气"，比任何污厕的气味还要强烈一万倍。

女人身上便闻不到，因为她们有香水。在男士古龙水中从前没有强调"最贵"，如女人的"Joy"[①]，真是可怜。

好了，现在我们男人开始买古龙水吧。挑选哪一种最好呢？

世界上有成千上万的古龙水牌子，但香味系统逃不过香味四大家族：橘子香（Citrus），含有柠檬、柑、橙花等混合的味道；素心兰（Chypre），其实和素心兰花无关，含有橘子香、橡苔之混合味道；馥奇（Fougère），只是个读音译名，含有薰衣草、橡苔及藿香的混合味道；东方香型（Oriental），含有香草、琥珀的混合味道。

在欧美卖得最多的二十种名牌之中，素心兰家族占得最多，有八个牌子：Aramis公司的Aramis，Halston公司的Halston Z-14，Hugo Boss的Hugo，YSL的Jazz，Christian Dior的Fahrenheit，Estee Lauder的New West，Ralph Lauren的Safari For Men，以及Calvin Klein的Escape For Men。

第二位是馥奇家族，有六种，Rabanne的Paco Rabanne，Ralph Lauren的Polo，Loris Azzaro的Azzaro For Men，Guy Laroche的Drakkar Noir，Davidoff的Cool Water，Calvin Klein出品的Eternity For Men。

---

① 1930年推出的"Joy"香水，30毫升的成本高达850美元，在当时被认为是"世界上最贵的香水"。

第三和第四分别是，橘子香家族：Christian Dior生产的Eau Sauvage，Armani的Armani For Men，Lacoste的Lacoste。东方香型家族：Chanel的Egoiste，Calvin Klein的Obsession For Men，最后是Paloma Picasso的Minotaure。

美国文化传统敌不过欧洲，美国人对香味的要求并不考究，而且是广告之宣传力量下的产品，所以首先可以把美国厂的古龙水从上述的名单上删除。

德国时装公司的西装，永不及法国的设计和意大利的手工，所生产的香水好得有限，也可以不用考虑。大卫杜夫（Davidoff）的雪茄和白兰地皆有水平，副产品的古龙水不会差到哪里去。

毕加索的女儿设计的斯沃琪（Swatch）手表被抬举得价钱甚高，但在国际服装和化妆品上还未奠定她的地位，所出的古龙水是好是坏，你也应该知道。

帕高（Paco Rabanne）虽然历史不久，但是古龙水却有一股不腻的幽香。

运动家型的男子，保罗（Polo）较适合吧，传统一点的用华氏温度（Fahrenheit）不错。爱罗曼蒂克气氛的，可用爵士（Jazz）。至于高尚男士，多骄傲，用衬名字的自恋狂（Egoiste）好了。

除了人造的香味之外，男人本身是否真正有男人味呢？当然有啦，我们身上发出的味道，就是男人味，最原始时用来挑拨起女人的性欲，哪怕是汗味或者是狐臭，各花入各眼。我们的臭味，对喜欢我们的女人，都变得难忘。也许，有一天我们被外星人抓去，拼命地抽出我们的狐臭，就像人类采取鲸鱼精子和麝香当香剂一样。

说正经的，狐臭太过怪异，有一种叫“Byly”的西班牙药膏，可以让狐臭发酵成酒精蒸发掉，很有效果，可惜最近已不进口。总之，男人只要多洗澡，便有一股自然的香味。

至于真正的男人味，是抽象的。

男人在思考的时候、在做决定的时候、在创作的时候、在发命令的时候，都有男人味。

短刀

……

短刀深深地吸引着我，那发亮的冷锋，鹿角的手柄发出热量；两者取得完美的平衡。

我对短刀的迷恋，也许是天生的，在胎儿时我已抓紧着拳头，掌内是空的，但似乎是想握着一把短刀。

通常一把一边钝一边利的，才能叫短刀（Knife）。这是防御性的工具，在原始世界的树林中也可靠它维生。两边都利的，则叫短剑或匕首（Dagger），那是攻击性的玩意儿。“Dagger”这个单词，代表了刺杀、阴谋，我并不喜欢。

这么一个和平的人，怎会爱上短刀呢？我是不是心理变态？经常那么想。直到有一次和金庸先生去欧洲旅行，路经意大利米兰，女士们都去名店街买时装，我们两人在角落头那家卖刀的专门店歇脚，他大买特买，自称是短刀迷。那时候我才知道我也是正常的。

从石器时代开始，人类就学会制造短刀，用石头凿成的遗迹，当今在博物馆中可以看到。著名的美国考古学家艾瑞特·卡拉汉（Errett Callahan）也是位短刀爱好者，他常找石头制造仿古的石刀，很受因纽特人尊敬。

另一位石刀专家叫丹尼·克莱（Dunny Clay），当今在佛罗里达州的迪士尼乐园任职，闲时制造石头短刀，又用牛骨做成刀鞘，精美到极点，有时也用长毛象的化石制刀，极有收藏价值。

美国的短刀业最为发达，可能是西部开拓时代遗下的精神，很多折叠式的短刀，除了刀锋，还可以拉出几把钩子，用来清除塞在马蹄中的杂物。

所有制造枪械的工厂都出短刀，雷明顿（Remington）厂的款式最多。温彻斯特（Winchester）的线条优美。前者生产的巴洛刀（Barlow Knife）被誉为儿童的第一把刀，但大人也会喜欢。柯尔特（Colt）和史密斯威森（Smith & Wesson）也有许多产品。

但大量生产的短刀始终不被当成艺术品看待，这一行也有大师级人物，作品皆有个性，一看就知道出于谁之手艺。被称为摩登美国短刀工匠之父的是威廉·斯凯戈尔（William Scagel），影响的后代众多。

约翰·鲁塞尔（John Russell）做的短刀，刻着一个“R”字，中间穿了一支箭，很容易认出。内行人称他为爹（Daddy）。

名刀之中，也不一定出自工匠，大英雄用的刀，也能万古流芳。像侠客吉姆·博伊（Jim Bowie）叫人专为他做的短刀，很长很大。上面三分之一是钝的，其他部分磨利，而且尖锋翘起，令敌人不寒而栗。从此，这类型的刀，都叫“Bowie Knife”（博伊刀）。

当然，巨大带锯齿的兰保刀[①]也出了名，但始终是源自虚构人物，“Rambo Knife”并不受爱好者尊重。

生产最多短刀的厂叫巴克（Buck），美国人一提到短刀，都叫成“Buck Knife”。刀虽出名，但全无艺术价值可言，连传奇人物也拉不上关系。

小时有一把德国刀，柄上刻着人类创造的各种工具，非常喜欢。当年所有的货物，凡是德国的都是好的，日本的代表坏的。这把德国刀保留至今，爸爸送我的这把刀，后来才知道是出自名厂“Wingen”，他们生产的欧德罗（Othello），当称餐刀一流。

维氏（Victorinox）的十字架牌子刀，没有什么人叫得出厂名，都以瑞士刀称之。一把刀中可以藏有数十种工具：剪、钻、尺、放大镜等等，数之不清，最近还加了镭射[②]瞄准器。成长中的男孩都想要有一把。

至于法国乡下人每人都有一把的是折叠的欧皮耐尔（Opinel）刀，刃上刻有一个皇冠和一只手的标志。木头柄，刃与柄之间有个铁环，旋转之后，可以防止不小心刀锋折叠，伤到手，法国人一吃长面包，都用它来劏开。我们用刀，都是向外批，欧洲人是向内切的。

拉丁美洲人最爱用的是蝴蝶刀，菲律宾人也是，手柄由两支钢铁打成，双手相对打开之后就露出刀锋，但用者喜欢一手抓着一边的柄，舞弄一番才合上，非常花巧。

跟着技术的进步，有许多带着几何形花纹的短刀出现，这是把

① 兰保刀，音译自Rambo Knife，又叫求生刀、兰博刀、蓝波刀。

② 镭射是激光的英文名称音译。

钢线压扁之后磨成的结果。有的更是掺了钢和镍，打成又黑又白的刀锋，这种材料被称为“Damascus”（大马士革钢）。

并不一定要实用，将刀锋和刀柄刻成艺术品的短刀，也有很多收藏者。纽约的珠宝商巴雷特·史密斯（Barrett Smythe）专做这种货色，我有过一把沃伦·奥斯本（Warren Osborne）打刀锋、罗恩·斯卡格斯（Ron Skaggs）刻刀柄的Art Deco[①]型的刀，但在搬家时遗失了。

当今在我办公室台上有一把开信封刀，设计得最为简单，是把一边利一边钝的钢铁刀，中间一扭，前后皆可运用，是个得奖的作品。

最锋利的刀和永不生锈磨损、又非常实用的是手术刀了，但样子奇丑，又不吉祥，不为我好。

男人爱刀、收藏刀的心理，是内心住着一个永远长不大的孩子。这和女人喜欢洋娃娃一样吧？许多已经成熟的女人，看到她们的照片，床头还是摆满洋娃娃的。

香云纱与伦教糕

我对香云纱这种传统的布料，有深深的迷恋，一到夏天，非穿着它制成的衣服不可。

---

① Art Deco是Art Decoratifs的简称，译为装饰风艺术。

从小就看奶妈的，黑漆漆，像很厚，又很薄，已经穿了不知道有多少年，皱处开始出现了褐色的条纹，愈来愈多，奶妈说得做新的了。

长大一点，看周围的叔伯，也穿这种料子，已觉得老土，印象模糊，逐渐忘记，等自己也上了年纪，有个偶然的机会买了一件现成的，大热天穿上后觉得整个人轻飘起来，凉风也阵阵透进，哟，这是多么美妙的感觉！

最近迷上长袍，冬天时方着，旧文人夏天也穿，手上一把扇子，见了面互相比较，是哪个画家的作品，优雅到极点。

夏装布料，可选择并不多，绝对需要极薄，否则穿起长袍来闷热死人。只有日本新潟的小千谷缩最适合，它用麻织，薄如蝉翼，冬天铺在雪地上让布料缩起来，尽量少让它接触皮肤，才有舒服的感觉。

而中国料子中，首选的也只有香云纱了。

为了买布，我去了顺德一趟。那里有罕见的一间香云纱厂房，已成为当地的文化遗产，负责人梁珠，人称珠叔，是仅存保有香云纱技术的传人，在日本的话，早已被封为“人间国宝”。

“先吃饭，先吃饭。”珠叔说。

带我去他们的私家厨房，广大的一片土地上种满了花和蔬菜，鸡鸭随地跑，池塘中养着鱼。已经很久没有吃过那么饱的，单单是用猪油煎的荷包蛋，一食五个。

接着去厂房参观，制作过程复杂得不得了，先用真丝的白布料煮过之后洗水、晒干，平铺于草地上，用“茨莨”里的宿根液来浸，反复又反复，一共浸沥三四十次。而最奇妙，也最吸引西方人的，是那层铺染塘泥的工序。用泥土？谁会想到呢？因为茨莨有丰富的胶质，所以粤人一直把它称为“黑胶网”。

黑胶网这个名字不好听，这布料到了上海人手上，改成香云纱，即刻高级了起来。当今顺德的这家店也叫香云纱了。

而香云纱三字又如何得来？这种布料最轻盈，外面那层硬胶，令到走起路来一摩擦，发出沙沙的声音，又因被泥土浸成深褐的反过来那一面，像香烟烟丝的颜色，最初叫香烟纱，最后才正名为香云纱的。

旧时海外华人都穿香云纱，制作技术也传到了越南，大为流行，越南少女都穿白衣和香云纱的黑裤，法国人一见，惊为天人，但始终没有好好设计，在时装界中起不了作用。

走到小卖部，有各种男女的香云纱现成衣服出售，我要了两条裤子，跟着买布。一件长袍，标准的150布封①，需四码半②。香云纱的布封只有114，结果买了五码七，高高兴兴地带回香港找裁缝做，当今已入秋，要到明年夏天才能穿上了。

既然来到伦教，不吃白糖糕怎行？白糖糕到处有，闻名的有江西白糖糕和广东白糖糕，是完全不同的两种美食，广东的伦教做得最好，后来就干脆叫伦教糕了。

白糖糕的做法简单，材料也不过是粘米粉、白糖和清水。将粘米粉过筛，加入白糖和清水，顺同一个方向搅拌均匀，小火煮粉水，一边煮一边搅，便会开始变得黏稠，加入酵母，便可用

---

① 布封是广东一带的叫法，指面料的全幅宽，即面料横向两边最外缘经纱之间的距离。150布封，即面料实际宽度1.5米。

② “码”是英美制的长度单位，在布料中，一码代表的是布料的长度，一码布料的长度等于0.9144米。

个竹箩，箩反翻，上面铺白布，再把米浆涂上，放进大炉中蒸，即成。

说来容易，家里哪来的那么一个大炉子，可以把双人合抱的竹箩放进去？要吃伦教糕，还是去伦教，而最著名的，就是伦禾园的梁桂欢白糖糕了，老板叫欢姐，是位企业家了。

店子不在大街上，车子转弯了又转弯，不是新天成的伍小姐带路，还真的难找，终于在一幽静的住宅区中看到，好大的地方，可以停泊数辆大巴士，欢姐的白糖糕店，已成为观光点。

又是大厅又是院子又是制作地的地方，摆着些商品，又有好几张桌椅让前来欣赏的客人休息，我一向心急，一下子冲进厨房。

无数的木架子上放满一箩箩的白糖糕，刚刚蒸好，即刻切下一块来吞进口，呀，那种轻松的口感和阵阵的米香，微微的甜味，岂是人间食物？

“什么？白糖糕不是带点酸的吗？”没有吃过真正伦教糕的人一定有这种错误的说法，尤其是在中环街头买的，的确是带酸，但是伦教的，只有甜，一点也不酸。

在番禺开“滋味粥”的好友王伟，餐厅里也卖白糖糕，他说自己厨房怎么做，也做不出来，只有从欢姐那里进货。是的，欢姐这家店，门面做的游客生意只是一小部分，她批发出去的分量，才是惊人的。

“没有秘密。”欢姐说，“做法一样，一代传一代，把白米磨好后加清水和糖而已，制作的过程之中，要经过微微的发酵，而我们的酵母，就是上一次制作时剩下一点点米浆，我们叫作种，没有这种种，是做不出来的。”

发福

……

住在香港，最缺少的福气是没有好的理发厅。

数十年前经此地，光顾尖沙咀加连威老道的上海理发铺，师傅们口咬香烟，白制服已染黄，拿着根手动发钳，弹簧生锈，按动时咿呀咿呀作响，剪至一半，夹住头发，那家伙忽然把发钳拉开，头发连根拔起，痛得泪涕直流。此厮道歉也不道歉一声，拿着一团兔毛粉拍在我颈上拍了一层难闻的粉末，继续咿呀咿呀地钳，正要抗议，师傅大力地把我的头一按，怕他把头剪成三傻样，只有乖乖就范。

好歹地理完发，洗头是俯着身，埋头在洗脸盆中，花洒的水一阵冷一阵热，师傅拿了一块石砖大的肥皂大力地擦，也不管肥皂水流入眼鼻，差点被弄得气窒。

洗完头，用管灰白色的大风筒吹热风，另一只手拿了条大毛巾搏命地压，又一阵剧痛，好大的臭味，原来头发已被烧焦。

啊！此等噩梦，记忆犹新。

终于出现因果循环的报应，上海理发厅一间间地关门，代之的是通街林立的新派“发型屋”，由几个嘴边无毛的小子掌管，只知一味讨好女宾，对男客爱理不理，但一理起来，还肉麻到送你一个吻。恐怖至极。

吾等一辈，理发总要看来不像是一个新头，但摩登发型屋师，岂能听顾客所言？他们个个都是性格巨星，不但自己有性格，还要将性格强加在你的头上！从发型屋走出，即刻要光顾鞋帽店，才敢上街。

现在的年轻人，刚刚与我们相反，主张以新头示众，目前更流行留着外层的长发，却把发边剪得短短的，变成一个新旧同体头，勇气可嘉。

街头巷尾的发型店不行，以为到酒店内的高级店铺不会出毛病，哪知功夫比街边的更差，付款时数百上千，旁边一个电了发的八婆，头上似雀巢，一下子给了两千五，面不改色。唉，唉，好理发厅，何处可寻？

走过中环，见头上有一管红蓝白的长筒在滚，是某某女子理发店，啊，这一下可好，总能找到一间又好又舒服，而且是女人打理的理发店了吧！

没有电梯，直爬上三楼。

一冲进门，灯光幽暗，心头一震，是否入了黑店，暗叫不妙，转头就跑。岂知出现了两名貌似白发魔女之中年妇人，阻住去路。好，既来之，则安之，看看对方能出何等怪招。

被按在理发椅上，魔女们扑将前来，“啊”地一声大叫，我把魔女推开，扔下钞票，才能脱身，捏一把冷汗，又是一场噩梦。

所以说住在香港，最不过瘾的是没有好的理发厅。

何谓好的理发厅呢？请听我道来。

好的理发厅，客人坐上宽大又舒服的沙发椅。女侍应奉上烟、茶或啤酒，以及清洁的热面巾。

小厮前来，把鞋子拿去擦得像一面镜子。

先由一名妙龄女郎替你刮胡子，弃现代的喷涂刮须膏，她以原始的毛刷在肥皂上打出泡为你涂上唇边，以热毛巾敷之，再次涂皂沫，又敷热毛巾。

等到胡髭软熟，她用一枝细得像筷子的锋利剃刀，找到一根胡子挑一根，慢慢地刮，过程至少二十分钟。然后剃脸，原来她的剃刀可以伸进客人的耳洞，将细毛刮去。

抹上剃须水之后，她将椅背竖直，一溜烟地消失。

跟着来的是一位中年的老师傅，他专门负责理发，问他为什么不剃胡子，他回答说自己的手不够柔软。

师傅先递一根梳子，让客人按照自己的习惯梳发，师傅立即会意，按照旧习惯飞出一个自然、不长也不短的头来。

师傅又不见，来了一个精力充沛的青年为你洗头，先以指甲刮头皮，后用指肉做按摩式的冲洗，他再次地询问客人力道够不够？水会不会太热或太冷，直到客人连赞满意为止。

洗头时客人是横卧着的，椅子和洗脸盆连接得天衣无缝，不像一般顶住颈项的设备，舒服到极点，侍女在客人的腿部接上另一块大沙发，成为长床。同时间，另有两个女子为你按摩。

擦干后，洒上发水，接着是采耳和修手甲。脚部用茶叶浸之，跟着是修脚趾。绝对不含色情成分。

前前后后，共两小时以上，消费每次约三百港币。这种服务，韩国做得最好，中国台湾次之，泰国、菲律宾、新加坡、马来西亚都有。只有中国香港最落后，原因很简单，香港女人少，高窦[1]得很，不肯做这种仔细的功夫。

---

① 高窦，粤语，即高傲。

不过重赏之下，必有勇夫，香港的桑拿浴到处都是，优秀的按摩女郎也不少，自然可以训练一批来开理发厅的。桑拿浴室占时太多，各部门的小费又要求过甚，已有厌倦的感觉，客人想松弛一下，到理发厅去换换口味，其实是一门大生意。

第二章

一茶一饭，真味至简

吃，是一种生活态度，一种热情，其他的可以消失，但是热情不可以消失。

野茶禅

……

要出远门，当然准备好茶叶，至于要不要带个茶盅，犹豫了一阵子。

“拿个蓝花米通去吧。”茶叶铺的老板陈先生说，“这种茶盅随时可以买到，打破了也不可惜。”

对惯于旅行的人，行李中的每一件物品都计算过，判断是否必须，方携之。沏茶总不会是个问题吧？最后决定，还是放弃了茶盅。

这一来可好，往后的一些日子，这个决定带来许多麻烦，但也有无尽的乐趣。

到达墨西哥，第一件事便是找滚水。我的天，当地人是不用的。他们根本就不喜欢喝茶，只爱咖啡。咖啡并非冲的而是煮的，一锅锅地泡制，便没有多余的滚水了。

西班牙语“Agua Caricante”是“水热”的意思。拼命向人家要“水热”“水热”。他们不知道你要“水热”干什么？结果也依了我，跑到厨房去生火，他们没有水壶或水煲，用个煮汤用的锅子，把水沸了交给我。

拿到房间把茶叶撒进去，根本谈不上沏茶，简直是煮茶，真是暴殄天物。

对着这锅茶怎么办？也不能把嘴唇靠近锅边喝，烫死人。只有倒入水杯。“砰”的一声，玻璃杯破了，差点把手割伤。

第二天忍不住去买了个原始型电水壶，此种简单的电器，墨西哥卖得真贵，三百六十港币。

有了电水壶没有茶壶又怎办？这次不敢直接冲滚水入玻璃杯，但也不能将茶叶扔进电水壶里呀？

想个半天，有了，从行李中拿出一个小热水瓶来，这是我出外景必备的工具。因为有一次在冰天雪地的韩国雪岳山中，梳妆师傅细彭姑爬上雪山时还带着个热水瓶，我嫌她累赘，想不到拍到一半，快冻僵时，她由热水瓶中倒出一杯铁观音来给我，令我感动不已。由此之后，我向她学习，每到外景地前沏好一壶茶，让最勤力的工作人员欣赏欣赏。

把茶叶放进热水瓶，再将滚水倒进去，用牙刷柄隔茶叶，第一泡倒掉，再次注入热水。

沏出来的茶很浓，好在用的是普洱，要是铁观音就太苦涩了。饮用时倒进杯中，茶叶渣跟着冲出来，半杯茶半杯叶，也只有闭着眼睛喝了。

演员跟着来到，先是黎明把我的电热水壶借去泡公仔面[①]。还给我时，叶玉卿又来拿去。这一借，不回头，我也不好意思为了一个小热水壶和人家翻脸，算了，另想办法。

走过一家手工艺品商店，哈哈，给我找到了一个茶壶，画着古印第安人抽象的蓝花，很是悦目，即刻买下来。

再到超级市场去进货，想多买一个热水壶，但是给香港来的工

① 公仔面，即方便面。

作人员一下子买光。小镇上，再也难找。

索性全副武装，购入一个电炉，再买个铁底瓷面的锅子，一方面可以烧水一方面又能煮食。

回到小房间，却找不到插头：灯是壁灯，电风扇挂在天花板上，只有洗手间中那个插电动刮胡刀的能够勉强运用。

水快沸，心中大乐，这次只许成功不许失败，把茶叶装入茶壶，注入滚水。

准备的茶杯，倒茶进去。又是一杯半杯茶叶半杯水的茶。原来买的是咖啡壶而不是茶壶，注水口大，没有东西隔着，所以有此现象。

经过几番折腾，后悔当初不把那个茶盅带来，中国人发明的茶盅实在简单方便实用，到现在才知道它的好处。

终于，在五金铺中指手画脚，硬要他们卖给我一小方块铁纱，店员干脆说："不要钱，送给你。"

老大欢喜地把那片铁纱拿回酒店，贴在咖啡壶内的注水口上，这一来，才真正地享受到一杯好茶。

在没有喝茶习惯的国家中，我遭了好些老罪，上次在西班牙，向他们要滚水的时候，他们把有汽的矿泉水煮给我，泡出来的茶有股亚摩尼亚味①，恐怖至极。

之后，我已不要求什么铁观音普洱，只要有立顿黄色茶包已很满足。没有滚水？好，要杯咖啡，再把三个茶包扔进去浸，来杯鸳鸯算了。

---

① 亚摩尼亚味，即氨气的气味。亚摩尼亚音译自"ammonia"，意为氨气。

我们这次的出外景，最大享受是回到旅馆，每个人都把他们的临时泡茶工具拿出来，你沏一杯，我沏一杯，什么茶都不要紧，只要不是咖啡就行。喝入口中，比什么陈年白兰地都更加美味。

日本的茶道，那不过是依足陆羽的茶经去做，很多人骂他们只注重仪式，但也是悠闲生活的一个方法呀。台湾人冲工夫茶更是越来越繁复，先用一支竹夹子把小茶盅中的茶叶夹出来，再来个小竹筒盛新茶装入，沏后倒入一大杯，再注入几小杯，把空杯闻了一闻，再喝之。说什么这才是真正的茶道，他们看轻日本和中国香港的喝茶方式，认为中国台湾地区产的冻顶乌龙，才真正叫作茶。

茶，要是一定那么喝，已失去茶的意思。

茶，是用来解渴的，用什么方式，都不应该介意和歧视。在没有任何沏茶工具时做出来的茶，才能进入最高的境界。

关于日本茶的二三事

……

初尝日本茶，发现有点腥味，不觉得太好喝，一住下来，便是八年，对日本茶有点认识，现在与各位分享。

日本茶分成：一、抹茶（Matcha）；二、煎茶（Sencha）；三、番茶（Bancha）；四、玉露（Gyokuro）。

在日本，茶树经多年改良，苦涩味减少，采下之后即刻用蒸汽杀菌消毒，不经揉捻，直接放进焙炉烘干，然后放进冷库，提高葡萄糖成分。

提出之后切割成小块，放入石磨碾成茶粉，便是抹茶了，当然根据幼细度、香气和颜色，分成不同等级及价钱。

我们一直以为抹茶是日本独有的，其实日本的茶道，完全是抄足唐朝陆羽的《茶经》，一成不变，各位有空到西安的法门寺一走，便可以看到种种出土的抹茶道具，和日本当今用的一模一样，所以如果我们说学习日本茶道，会被人笑话的。

抹茶的喝法（以一人计）是取一茶匙，或精确一点，用两克的茶粉，再用二安士[1]，相当于六十毫升的水，在80℃的热度之下冲泡十五秒，便可以喝了。

如果依足茶道，便是取了茶粉，放入碗中，加热水，用茶筅（像刷子的竹器），花十五秒时间打匀。仔细一点，茶粉要用茶漉，是种茶筛，来隔掉茶粉结成一团的粒子。

但是一般家庭喝抹茶，取一茶匙入杯，冲不太烫的滚水，便可以喝了，寿司店给你喝的，也是这种做法。

煎茶是日本茶中最普通的，准备一个人到三个人喝的，用十克茶叶，放进茶壶，冲二百一十毫升，约七安士、80℃的水，浸个六十秒就行。

煎茶的制法是采取茶叶后，经熏蒸，然后将茶叶揉捻，再烘焙而成，煎茶外观翡翠青绿，口感甘甜，略有涩味，是最受欢迎的日本茶，对茶叶的要求不高，制作方法也简单。

番茶是一个广义的称呼，包括焙茶（Hojicha）、玄米茶（Genmaicha）和若柳（Wakayanagi）。

---

① 安士，即盎司，英制计量单位，1安士≈28.35克。

“Hojicha”是制茶技术之一种，目的是去掉茶叶中的水分，提高香味和保存效果，颜色褐色，用的是茶叶，若用茶茎，则称之为焙煎茶（Kuki Hojicha）。

焙煎茶随意轻松，不分季节，日常饮用，冲泡之前放进微波炉中一叮，更突出茶味，也可以用来玩，在一个香熏器具中放了煎茶，下面点蜡烛，便有阵阵香味，很自然，比精油自然得多。

正式的泡法是用两茶匙茶叶，二百四十毫升或八安士的水，在最滚的100℃下冲泡三十秒钟，即成。

玄米茶则是日本独有的，绿茶中混合了烘焙过的糙米，冲泡后有绿茶香气，也有米香。像中国人喝香片①一样，不爱喝的，不当茶。

最后要说的是玉露了，我初到京都，就去了“一保堂”。这家在一七一七年创立的老茶铺中，我们可以喝到一杯完美的玉露茶。什么叫玉露？是在采收前一个月搭棚覆盖，避免阳光直射的茶，只采新叶，干燥及揉捻后制成，冲泡玉露是用低温水，正式是60℃，有些甚至低到40℃。

第一回在“一保堂”本店喝，座上有个铁瓶，滚了水，用竹勺取出。怎么样才知道已降温至40℃呢？先把滚水冲进第一个杯，再转第二个杯，最后转第三个杯，便可以装入放了十克茶叶的茶壶中，第一泡等九十秒就可以喝，第二泡，不必等，换了三次杯后直接冲入茶壶，即喝。

第一口玉露，喝进嘴中，即刻感觉到这哪像茶？简直是汤嘛！玉露一点也不涩，有海苔的香气，金色碧绿，含有大量的茶酚，异

---

① 香片，即花茶。

常美味，从此便上了玉露的瘾。

玉露是当今卖得最贵的日本茶，“一保堂”出品的以精美的茶罐装着，外面那张包装纸，是用宋体木板印刷出来的，是陆羽的《茶经》，美到可以裱起来挂于墙上。

当今我在家里除了日常喝浓如墨汁的熟普之外，就是喝玉露了。

玉露有个特点，不止不用高温泡之，还可以冷泡呢，通常我是抓了三小撮的玉露，放进茶盅，再以依云（Evian）矿泉水冷泡，等个两三分钟，便可以倒出来喝了，效果比低温更佳，我当今都是用冷泡的，君若一试，便知其美味。

至于日本茶的基本，有很多人的观念还是错误的。

购入日本茶叶之后，最好是在开封后三个星期之内喝完，超过了味道就逊色，再放久，简直不能入口，若不能于三周内喝完，要放冰箱。

最重要的是，玉露非常干净，又无农药，第一泡不需倒掉。

至于日本茶道，那是一种修心养性的事，我们这些都市大忙人，偶尔看人家表演一下就可以。

墨水

……

我那么暴饮暴食，还不发胖，全拜赐于喝浓茶，咖啡我是不碰的。

喝浓茶的习惯，自小养成。家父爱喝铁观音，跟着一杯杯入肚，胃壁已炼成钢，不怕多喝而醉茶。

铁观音是半发酵的茶，不像龙井等绿茶那么削胃。喝全发酵的普洱，更加放心了。

要求一杯浓茶并不简单，至少要向侍者说三次。第一次说："请你给我一壶普洱，要很浓很浓，浓得像墨汁。"

沏出来的还是淡如水，当你第二次说要放多点茶叶时，对方一定说："给它泡一泡就会浓。"

等个八百年也没用，第三次要求，那厮才不甘心为你加一些，才勉强喝得过。

友人见我喝浓普洱，又听到我大力宣传它去脂肪的好处，也跟着喝了。十个十个见效，都说喝它之后非常舒服。习惯了，晚上睡觉也没问题。

到西餐店去，我的要求甚低，先问是茶叶或用茶包？后者的话给我三个，水半壶就够了。有些自取的地方，用的杯小，我就放两个茶包，一小杯滚水，也够浓了。

去茶餐厅我都请师傅别加水，尽量浓。有些地方去多了，像九龙城街市三楼熟食档的"乐园"，一看到我就沏出一杯浓西茶来。也不下糖，当普洱来喝，也会消滞。

半夜起身写稿，必定泡一杯浓普洱，全发酵后的茶碱不重，不要紧，有多浓喝多浓，头脑即刻清醒，人家以为我一定喝什么宋聘之类的老普洱，一饼万万声，即使喝得起，到了普通茶楼岂非什么都喝不下？

我喝的还是一般的普洱，够浓就是。当别人一看我那杯颜色似墨汁的东西，多数会问："为什么喝那么浓？"

我一定回答："肚子里没墨水嘛。"

超出常理

……

黄鱼卖到几千块一尾，这已超出常理，你去吃吧，我绝对不当傻瓜。

一饼来路不明的普洱也要卖到天价，这已超出常理，你去喝吧，我绝对不会当傻瓜。

一顿在日本很容易吃到的怀石料理，要付五六千块，这已超出常理，你去吃吧，我绝对不会当傻瓜。

但是绝对很多人肯出这个价钱，什么人呢？暴发户呀，越贵越好。

为什么引诱不到我？因为我年轻时都试过，有什么了不起呢？要这个价钱，值得吗？

我不是说凡是天价的东西都不能买，一瓶八二年的滴金（Chateau d'Yquem），由金黄变为褐色，如果你付得起，就买吧，就喝吧，这是物有所值的，外国的拍卖行不会胡来。

一尾十几万到数十万块的忘不了的河鱼值不值钱？忘不了只是价钱忘不了，它的亲戚像苏丹鱼、丁加兰鱼、巴丁鱼等等，同样肥美无骨，这才吃得过。而且所谓的忘不了，野生的几乎已经绝种，能买到的多数是饲养，冰冻得像石头的，吃起来一股臭腥的次货，大家看到了价钱，不好吃也说好吃，证明自己不是傻瓜，何必呢？

鲍参肚翅又如何？早年我们都以合理的价钱吃过两头的日本干鲍，味道好吗？好！目前的天价次货充斥，你去吃吧。

海参做得好的话还是吃得过，但有多少厨子能胜任？有些师傅连发海参也不会，吃出一股腥味，不好吃。

花胶最欺人，当今市面上的都是莫名其妙的鱼肚，花胶的名字也对不上，吃了有益吗？不见得吧！

昔时的花胶可当药用，专治胃疾，但也要懂得去找，多数消费者买到的都不是正货。

至于鱼翅，为了环保，不吃也罢了。

我被请客，上桌一看这几样东西，就想跑开，连蒸一尾贵海鱼我都不想吃，最多捞一点鱼汁掺在白饭中扒几口。

贵的东西如此，连便宜的食材也是一样的，一打起风，芥兰菜心贵出几倍来，值不值得去吃？我为炒不涨价的洋葱也是可以吃上几餐，何必和别人争呢？

“你都试了，可以说风凉话，我们呢？”小朋友问。

是的，人的欲望是无穷尽的。鱼子酱、黑白松露、鳗鱼苗、鬼爪螺等等，未到千般恨不消，吃过了才可以说原来如此。

但当今都已成天价，谁吃得起？皇亲国戚、地产商吃得起。在他们眼中的千百万美金，不过是我们的三五千港币，这些人吃得起，但他们未必懂得吃，舍得吃。

抗衡这些欲望，只有“知足”二字。

偶尔犒赏自己是应该的，不然做人做得那么辛苦干什么？穷凶极恶地吃就不必了，也会吃出病来。

人生到了另一个阶段，就会还归纯朴，一碗香喷喷的白饭，淋上猪油和上好豉油，比什么超出常理的贵食材好吃得多。

倪匡兄最记得的是初到港时吃的那碗肥叉烧饭，这倒是可以百食不厌的，好东西并不一定是贵的，而是看你怎么花心思去做。

顺德人做的叉烧，用一条铁筒，穿过半肥瘦的肉，再注入咸蛋黄，听到了也流口水。

家里花时间后煮来的老火汤也让人喝得感动，当今还加了新花样，做西洋菜汤时，先把大量的西洋菜放进煲中煮，再用同等分量的，拿打磨机打碎后放入汤中，味道就特别浓厚了。做白肺汤时，雪白杏仁也是同样处理。

煎一块咸鱼，也是天下的享受，当然得买最好的马友鱼或曹白鱼，虽然贵，但那么咸的东西你能吃得多少？连小块咸鱼的钱也不肯花，只有吃麦当劳了。

吃遍天下，像是年轻人的梦想，但是世界有多大你知道吗？让你活三世也吃不遍。

有这种志气是好的，才有动力去赚钱，不偷不抢，赚够了你就去吃你没吃过的东西，你自己付出的努力，是应该让你品尝的。

有能力吃是件好事，但要吃得聪明，不是那么容易，吃东西也要聪明吗？绝对的，不吃超出常理价钱的东西，就是吃得聪明的开始。

当你都吃遍了，最后还是会回归平淡，平淡的东西，永远是便宜的、合理的，永远是最好吃的，永远不会超出常理。

吃的减法

……

口味跟着年龄变化，是必然的事，年轻时好奇心重，非试尽天下美味才罢休。回顾一下，天下之大，怎能都给你吃尽？能吃出一个大概，已是万幸之幸。

回归平淡也是必然，消化力始终没从前的强，当今只要一碗白饭，淋上猪油和酱油，已非常之满足。当然，有锅红烧猪肉更好。

宴会中摆满一桌子的菜，已引诱不了我，只是浅尝而已。浅尝这两个字说起来简单，但要有很强大的自制力才能做到，而今只是沾上边毛。

和一切烦恼一样，把问题弄得越简单越好，一切答案缩小至加和减，像计算机的选择，更能吃出滋味来，我已很了解所谓的一汁一菜的道理，一碗汤一碗白饭，还有一碟泡菜，其他的佳肴，用来送酒，这吃一点，那吃一点，也就是浅尝了。

吃中菜日本韩国料理，浅尝是简单的，但一遇到西餐，就比较难了，故近年来也少光顾，西欧旅行时总得吃，我不会找中国餐馆，西餐也只是浅尝。

西餐怎么浅尝呢？全靠自制，到了法国，再也不去什么所谓精致菜（Fine Dining）的三星级餐厅，找一家“Bistro”[①]好了，想吃什么菜或肉，叫个一两道就是。

如果不得已时，我先向餐厅声明：“我要赶飞机，只剩下一个半小时时间，可否？”老朋友开的食肆，总能答应我的要求，没有这个赶飞机的理由，一般的餐厅都会说：“先生，我们不是麦当劳。”

当今最怕的就是三四小时以上的一餐，大多数菜又是以前吃过，也没什么惊艳的了。依照洋人的传统去吃的话，等个半天，先来一盘面包，烧得也真香，一饿了就猛啃，主菜还没上已经肚饱，如果遇上长途飞行和时差，已昏昏欲睡，倒头在餐桌上。

已不欣赏西方厨子在碟上乱刷作画，也讨厌他们那种用小钳子把花叶逐一摆上，更不喜欢他们把一道简单的鱼或肉，这加一些酱，那撒些芝士，再将一大瓶西红柿汁淋上去的作风。

但这不表示我完全抗拒西餐，偶尔还会想念那一大块几乎全生的牛扒，也要吃他们的海鲜面或蘑菇饭。

全餐也有例外，像韩国宫廷宴那种全餐，我是喜欢的，吃久一点也不要紧，他们上菜的速度是快的，日本温泉旅馆的，全部一二三都拿出来，更妙。

目前高级日本料理的“Omakase”[②]在香港大行其道，那是为了计算成本和平均收费而设，叫作“厨师发办”，我最不喜欢这种制度，为什么不可以要吃什么叫什么，那多自由！当今的寿司店多

---

① “Bistro”是一种餐厅类型，在最初起源的巴黎是指那些提供平凡菜色的平价小餐厅。

② Omakase，日料中，无菜单，由主厨根据当令食材，决定当日的菜品及价格的就餐形式。

数很小，只做十人以下的生意，也最多做个两轮，他们得把价钱提高，才能有盈利，你一客多少，我就要卖更贵一点，才与众不同，当今的每客五千以上，酒水还不算呢，吃金子吗？我认为最没趣了。

像寿司之神的，一客几十件，每一件都捏着饭，塞到你全身暴胀不可，也不是我喜欢的。吃寿司，我只爱“御好烧（Okonomiyaki）”，爱什么点什么，捏着饭的可以在临饱之前来一两块。

很多朋友看我吃饭，都说这个人根本就不吃东西，这也没错，那是我一向养成的习惯，年轻时穷，喝酒要喝醉的话，空腹最佳，最快醉。但说我完全不吃是不对的，我不喜欢当然吃不多，遇到自己爱吃的，吃多几口，不过这种情形也越来越少。

从前，大醉之后，回家倒头就睡，但随着年龄的增长，酒少喝了，入眠就不容易了，常会因饥饿而半夜惊醒。旅行的时候就觉得烦，所以在宴会上虽不太吃东西，但是最后的炒饭、汤面、饺子等，都会多少吃些，如果当场实在吃不下去，就请侍者们替我打包，回酒店房间，能够即刻睡的话就不吃，腹饥而醒时再来一碗当宵夜，东西冷了没有问题，我一向习惯吃冷的。

在外国旅行时，叫人家让我把面包带回去也显得寒酸，那怎么办？通常我在逛当地的菜市场时，总会买一些火腿、芝士之类的，如果有烟熏鳗鱼更妙，一大包买回去放在房间冰箱，随时拿出来送酒或充饥。

行李中总有一两个杯面，取出随身带着可以扭转插上的双节筷子吃。如果忘记带杯面，便会在空余时间跑去便利店，什么榨菜、香肠、沙丁鱼罐头之类的买一大堆准备应付，用不上的话，送给司机。

在内地工作时，一出门堵车就要花上一两小时，只有推掉应酬，在房间内请同事们打开当地餐厅App叫外卖，来一大桌东西，浅尝数口，自得其乐，妙哉妙哉。

外卖经

……

有些日子，经常要在国内的各大都市旅行，有的是为了公务，多数有人请客，东西他们认为有多好吃就多好吃，但一天下来，已心身疲倦，还要与一群陌生人共餐，做无谓的交谈，想起来就觉得怕怕。

那么去自己喜欢的食肆吃个饱吧，这个念头的确是闪过，可是，第一，当你已经疲倦时，等菜上桌是一件恐怖的事。第二，还要花时间在路上，尤其是随时随地发生的交通繁忙。第三，也是最致命的，就是不知道对食物会不会失望。

算了，算了，饿死算了。这么想，当然是开玩笑，人生最大的痛苦，莫过于挨饿。

有什么解决办法？有呀，叫外卖呀！

叫什么好？这么一问，得到的答案当然是麦当劳。它出现在几乎所有都市里面，要逃避它的广告，已是不可能的。

我可以很骄傲地告诉大家，这一生我没有吃过麦当劳。“没有吃过怎么知道好不好吃？你不是说过，所有的食物要试过才有资格批评它的好坏吗？”友人批评道。

对，对，说得一点也不错。我不走进麦当劳，不是因为东西好坏，而是我不能接受美国人对食物的这个观念！快餐，我不反对，我可用铁锅将菜热炒出来，一分钟也不需要，要多快有多快。

我不赞同的是死板的流水作业。煎一个鸡蛋罢了，怎么可以用个铁圈圈住，把鸡蛋打进去，计算标准时间完成，做出几百万、几亿个完全相同的煎蛋来？

食物要经过母亲的手，或者一个固执大厨的手，才是食物呀，但这么想始终不实际，一生漂泊，怎么有可能每一餐都享受得到？吃不到的话，宁愿挨饿，但也有变通的方法如次：

到达酒店，虽然知道酒店餐厅很少有美食，但还是会拖着疲倦的身体去点来吃。大多数，是叫房间服务，看了餐牌之后大点特点，肚子一饿，就能把餐单所有的东西完全叫齐。

结果，又是剩下一大堆。

有什么方法更好？当今内地送外卖的服务，效率异常之高，我们可以在手机的App上看到周围的餐厅有什么菜，一样样地叫了。在洗澡的时候，同事们就会去食肆拿回来，或请服务员送到，这一来可丰富了，要什么有什么，最差的，也有一个上海粗炒。

当今，连火锅也可送外卖，餐厅会把食材一纸碟一纸碟地切好铺好，用玻璃纸封住，然后送个即用即弃的火水炉[①]来，极薄的铝质锅子派上了用场，加上一大堆蔬菜或粉丝细面类，吃个不亦乐乎。

---

① 火水炉，粤语，即煤油炉。

如果时间充裕，我们会先在便利店停下，走进去什么都有，最后买了各式各样的方便面、几罐啤酒、肉类罐头，或者花生等来送。

去到有老友的都市最幸福了，还没有入住上海的花园酒店之前，已打电话给“南伶酒家”的陈王强老板，买枪虾、油泡虾、马兰头、烤麸等小菜，再来红烧蹄髈、生煸草头、腌笃鲜等等，在酒店里开个大餐，就是可惜不能把蛤蜊炖蛋也打包回来。

当今，鳗鱼饭在内地流行起来，各地都有专门店，装进精美的盒子，还有一碗鳗鱼肠清汤。送来的当然是不正宗、不好吃的鳗鱼饭，但是有甜酱汁淋在饭上，也可以刨几口。

在意大利旅行当然吃不到中国菜，不过走进他们的肉店，什么火腿、香肠、芝士、肉酱都齐全，一切外卖都是完美的。我这个人不在乎吃冷食物，吃得很惯，这也是上苍赐给我的口福。

日本人是外卖高手，他们的便当于我是家常便饭，最差的是几个饭团，有鲑鱼的或明太鱼子的，有时只有一粒酸梅，但另有泡菜来送，也能解决。

最奢华的是这次在新潟，不想到外面吃，和好友刘先生两人各叫了一个便当，送到了房间一看，好家伙，是个用精美的绢花布包着的大盒子，打开了里面有三层的透明胶格子，放着各种刺身、烤鱼、日式东坡肉、烧牛肉等等，当然有白饭、面酱汤和泡菜，不吃剩才怪。

回到基本，酒店的室内服务有点保证的是“亚洲选择”，综合了大家都吃得惯的菜式，最典型的有云吞汤、海南鸡饭、叻沙、印度尼西亚炒饭等，比什么西方三文治[①]都可靠，虽然有时也遇到难于咽喉的，不过如果你叫一碟咖喱饭，总可以保证吃得下。

咖喱饭分牛肉、鸡肉和海鲜的，千万别叫鸡肉的，肉冷冻得一点味道也没有了，海鲜的也是，虾已冻得半透明。牛肉最妥当，怎么煮都好吃，运气再坏，也不过是老得咬不动的，但最差也有咖喱汁，这是外卖的经典食物，别错过。

外卖总令我想起当年拍电影时的情景，蹲在野外挨盒饭，但有得开工，不会失业，还是有幸福感的。

问茶

……

问："茶或咖啡，选一样；你选茶还是咖啡？"

答："茶。我对饮食，非常忠心，不肯花精力研究咖啡。"

问："最喜欢什么茶？"

答："普洱。"

问："那么多种类，铁观音、龙井、香片，还有锡兰茶，为什么只选普洱？"

答："龙井是绿茶，多喝伤胃；铁观音则是发酵到一半停止的茶，很香，只能小量欣赏才知味；普洱则是全发酵的，愈旧愈好，

① 三文治，即三明治，是英文"Sandwich"的音译。

冲得怎么浓都不要紧。我起身就有喝茶的习惯，睡前也喝，别的茶反胃，有些妨碍睡眠，只有普洱没事，我喝得很浓，浓得像墨汁一样。我常自嘲说肚子内的墨汁不够。”

问：“普洱有益吗？”

答：“饮食方面，广东人最聪明，云南产普洱，但整个中国只有广东人爱喝，它的确能消除多余的脂肪，吃得饱胀，一杯下去，舒服无比。”

问：“那你自己为什么还要搞什么‘暴暴茶’？”

答：“这个故事说起来话长，普洱因为是全发酵，有一股霉味，加上玫瑰干蕾就能辟去，我又参考了明人的处方，煎了解酒和消滞的草药喷上去，焙过，再喷，再焙，做出一种茶来克服暴饮暴食的坏习惯。起初是调配来给自己喝，后来成龙常来我的办公室试饮，觉得很好喝。别人也来讨了，烦不胜烦。”

问：“你什么时候开始把它当成商品，又为什么有做茶生意的念头？”

答：“有一年的书展。书展中老是签名答谢读者没什么新意，我就学古人路边施茶，大量泡‘暴暴茶’给来看书的人喝，主办当局说人太多，不如卖吧。我说卖的话就违反施茶的意义。不过卖也好，捐给保良局。那一年两块钱一杯，一卖，就筹了八百块，我的头上当的一声亮了灯，就将它变成商品了。”

问：“为什么叫‘暴暴茶’？”

答：“暴食暴饮也不怕呀！所以叫‘暴暴茶’。”

问：“你不认为‘暴暴茶’这个名字很暴戾吗？”

答：“起初用，因为它很响。你说得对，我会改的，也许改为‘抱抱茶’吧。我喜欢抱人。”

问：“为什么你现在喝的是‘立顿’茶包？”

答：“哈哈，那是我在欧洲生活时养成的习惯，那边的人除了英国人，大家都只喝咖啡，没有好茶。随身带普洱又觉烦，干脆买些茶包，要一杯滚水自己搞掂。在日本工作时，他们的茶也稀得要命，我拿出三个茶包弄浓它，不加糖，当成中国茶来喝，喝久了上瘾，早晚喝普洱，中午喝立顿。”

问：“你本身是潮州人，不喝工夫茶吗？”

答：“喝。自己没有工夫，别人泡的我就喝。我喝茶喜欢用茶盅。家里有春、夏、秋、冬四个模样的，现在秋天，我用的是布满红叶的盅。”

问：“你喝茶的习惯是什么时候养成的？”

答：“从小。父亲有个好朋友叫统道叔。到他家里一定有上等的铁观音喝。统道叔看我这个小鬼也爱喝苦涩的浓茶，很喜欢我，教我很多关于茶的知识。”

问：“令尊呢，喝不喝茶？”

答：“家父当然也爱喝，还来个洋腌尖[①]，人住南洋，没有什么名泉，就叫我们四个儿女一早到花园去，各人拿了一个小瓷杯，在花朵上弹露水，好不容易才收集几杯拿去冲茶。炉子里面用的还是橄榄核烧成的炭，说这种炭，火力才够猛。”

问：“你喝不喝龙井或香片的？”

答：“喝龙井，好的龙井的确引诱死人。不喝香片。香片北方人才欣赏，那么多花，已经不是茶，所以只叫香片。”

---

① 腌尖，在粤语中主要指的是对食物有特别的要求，形容某些人对于食物或者某些事物非常挑剔。

问："日本茶呢？"

答："喝。日本茶中有一味叫'玉露'的，我最爱喝了。'玉露'不能用太滚的水来冲，先把热水放进一个叫'Oyusame'的盅中冷却一番，再把茶浸个两三分钟来喝，味很香浓，有点像在喝汤。"

问："台湾茶呢？他们的茶道又如何？"

答："台湾人那一套太造作，我不喜欢。茶叶又卖得贵得要命，违反了喝茶的精神。"

问："你喝过最贵的茶，是什么茶？"

答："大红袍。认识了些福建茶客，才发现他们真是不惜工本地喝茶。请我的茶叶，在拍卖中叫到十六万港币，而且只有两百克。"

问："真的那么好喝吗？"

答："的确好喝。但是叫我自己买，我是付不出那么高价钱。我在九龙城的茗香茶庄买的茶，都是中价货。像普洱，三百块一斤，一斤可以喝一个月，每天花十块钱喝茶，不算过分。一直喝太好的茶，就不能随街坐下来喝普通的茶。人生减少许多乐趣。茶是平民的饮品。我是平民，这一点，我一直没有忘记。"

第三章

⋮

微醺时光

爱喝酒的人，有酒精的酒都喜欢，最爱喝的酒，是与朋友和家人一起喝的酒。

啤酒乐

……

几位朋友心血来潮，想在香港开间啤酒酒吧，互相比较喝啤酒的经验，越谈越兴奋。

我们先确定啤酒的历史。

早在五千年前，古巴比伦时代遗留下来的楔形文字，已经对啤酒的酿制有详细的记载。

近年在埃及金字塔附近发掘出筑塔工人的遗物，除了做面包之外，便是做啤酒的器皿了。

人类学会造面包，便跟着酿啤酒，道理很简单，雨水把吃剩的面包浸湿，面包发酵后酿出酒精，就此而已。

啤酒的主要原料和面包一样是麦，韩国人最干脆，到现在还是叫啤酒为“麦酒”。生啤酒就是把酿好的啤酒就这么拿来喝，不快点喝掉便会变坏，把啤酒入瓶，经过高温加热来杀菌，可保存很久，这就是我们常喝的所谓熟啤酒——拉格（Lager）和皮尔森（Pilsner）了。

香港目前最流行的“Lager”，当然是“生力啤”，近来出品了“Dry”啤，所谓的“Dry”，并不是直译的“干”或“涩”的意思。主要还是酒精含量较强罢了。

一般啤酒酒精含量是四个巴仙，高的有六个巴仙，还有八个巴仙以上的，喝起来真过瘾。但是回头一想，喝一瓶八个巴仙的啤酒，和喝两瓶普通的，效果一样，也没什么了不起。

只喝“生力”和受欢迎的“喜力”“嘉士伯”“青岛”“蓝妹”等，不免觉得太过单调，种类越多，乐趣才更无穷。

吃日本菜时喝日本啤酒，牌子不少。老酒客的劝喻是点“麒麟”，它多年来保持同一个水平。日本水质不错，又肯深究外国技术，他们的啤酒喝得过的，问题出在和其他国家比较，还是淡。虽然他们出了各式各样的“Dry”啤，但总觉得只是拼命在啤中加酒精，不自然。

辣得飞起的泰国菜，最好配他们的“星哈”，它酒精度高，泰国人又喜欢把啤酒冻得瓶中有碎冰为止，热得全身是汗时倒进胃里，刺的一声，像冒出烟来。

英国菜最不好吃，但是他们是天下第一爱啤酒的人。种类之多，不胜枚举。英国人整天泡在Pub[①]里，酿啤酒的智慧自然高了。除了“健力士”，很难推荐哪一个牌子是英国最好的啤酒，大制造商巨量生产，味道总不像无名厂家那么有特色。在英国喝啤酒，最好找一些有私酿啤酒的Pub，可以先买一本叫*Good Beer Guide*（直译为“佳酿啤酒指南”）的书，里面介绍了英国五千家最突出的Pub，总能找到包君满意的酒肆。

德国人虽然喝得比英国人多，但是只是量的问题，不像英国人仔细欣赏。德国人要拼命灌才算喝啤酒，这也有他的乐趣。喝啤酒，豪爽是主要的。

除了名牌的“喜力”“DAB”等等之外，德国有种叫“Jever”

---

① Pub，即酒吧。

的，味道极为错综复杂，有点像蜜糖般的甜味，但又有四十四种不同的苦涩，用各类啤酒花，我们称为香蛇麻花的，配以最好的大麦酿成。此酒在香港还不常见，到欧洲时请你一定要试试。

能够在太古广场西武的“酒藏”买得到的是比利时特拉比斯（Trappist）僧侣酿制的啤酒智美（Chimay）。“Trappist”是天主教西多会修会的一派，僧侣生活严肃简朴，又喜欢做长时间的沉思。好家伙，这一沉思思出天下美啤之一。近年来，他们又沉思，沉思如何做生意，把“Chimay”大力推荐到国外经销，我们才有福气在这里喝到。“Chimay”啤包装得高贵，每一瓶还带一个自己的开瓶器，要卖到几十块一小瓶，但物有所值。

另一种“Trappist”僧侣做的牌子叫奥威（Orval），在一间有九百年历史的僧院中生产，它用五种不同的麦芽酿制，加冰糖、德国香蛇麻花，变成一种浓郁橙色的啤酒，有很强的独特个性。

如果找不到“Orval”的话，你就脚到澳洲，买他们的“Coopers Brewery Sparkling Ale”，味道很接近。到澳洲不妨试他们的“残废”牌黑啤酒“Invalid”，很甜，很可口。当然比“猫唛波打”容易喝得多，也没有“麦奇信”牛奶啤那般焦糖味，又营养十足。

其实普通啤酒的营养也已经是吓人的。

除了那四五个巴仙的酒精，啤酒中含有蛋白质、碳水化合物、甘油、酵素、磷酸盐、维生素B_1、维生素B_2、维生素B_6以及叶酸等等。一瓶啤酒有二百二十八卡路里的热量，比吃一大碗白饭还多。

谈到这里，我们这一群人的大脑中枢神经已受影响，渐入麻痹状态，聊喝酒变成已饮酒。天下也只有酒的话题，才能达到这种效果。

威士忌吾爱

……

肥彭有两只狗，家里的叫“威士忌”，失踪的名“苏打”，可见得他也是个爱喝威苏[①]的人，令我想起写一篇关于威士忌的东西。

喝威士忌的人在香港是少数，输给压倒性的白兰地，嗜者好成群结党，一听到对方也有同好，即刻称兄道弟地拍肩膀，很容易交上个朋友。这种感觉，是开朗的，是活泼的，是舒服的。

别以为只有男人喜欢喝威士忌，认识不少女中豪杰，都对威士忌有特别的钟爱，和她们聊起威士忌的乐趣，知识可能比你还丰富，所以我们应该对威士忌有多一点的知识，参考数据是一本叫*Bluff Your Way In Whisky*（直译为“用威士忌虚张声势”）的书，可惜并没有中文译本。

香港人从前只懂得喝尊尼走路（Johnnie Walker[②]），在贫苦的二十世纪六十年代，有支红牌，已算不错。跟着生活的改善，大家流行喝黑牌。目前连黑牌，势利的人也不屑一喝，所以该厂出了

---

① 威苏，即威士忌苏打。

② Johnnie Walker，尊尼走路，又译作尊尼获加。

最老（Oldest）牌，还是扭转不了局面。其实，当年的红牌，喝起来味道比任何高价品都好。

打跛走路威[①]的是芝华士（Chivas），在黑牌卖得很贵的时候，“芝华士十二年”出现，又便宜又好喝。物有所值，香港人都转喝它，现在在超级市场中可以随手购入，成为最受欢迎的威士忌。追求美好的香港人又嫌十二年不足，要喝同厂制造二十一年的皇家敬礼（Royal Salute[②]）了。“皇”牌由个瓷瓶装住，着实好看，分蓝、红、绿三种。腌尖的人，还只认定去喝其中一个颜色的货品。

荒唐的是连“皇家敬礼”也觉不够好，要买更上一层的芝华士“The Royal Salute’s Directors Celebration Reserve”，应该给阎罗王抓去拔舌头。

对付这种人的最佳办法是请他们喝装入贵瓶的便宜威士忌，看他们喝不喝得出。

回到平凡的威士忌，通常我喜欢勾苏打喝，有的人只爱掺水，各有所好。但是好好的威士忌为什么要加水和苏打呢？威士忌和净饮的白兰地不同，要“开”了才好喝，水和苏打，都有把威士忌中的香味打开的功能。

不喜欢掺水和苏打的，喝麦芽（Malt）威士忌好了。香港人已经进入喝麦芽威士忌的地步，最易上手的是格兰菲迪（Glenfiddich）的三角形樽牌子。

Malt威士忌又分“Vatted Malt”和“Single Malt”[③]，前者是

---

① 走路威，即尊尼走路/尊尼获加。

② Royal Salute，皇家敬礼，又译作皇家礼炮。

③ Vatted Malt，即调和威士忌；Single Malt，即单一麦芽威士忌。

掺了两种以上的牌子的酒，后者独沽一家。

令人破产的是单桶单一麦芽威士忌（Single-Cask Malt）。

“Single Malt”由一家厂制造，但是掺了同厂的许多不同的酒。

“Single-Cask Malt”绝对不掺，由一家厂、一个蒸馏器、一个年份制造出来。牌子很多，你自己去选，但是认定是“Single-Cask Malt”就是了。

单单是喝贵威士忌，人就会变得庸俗，便宜威士忌好喝的很多，在什么场合，什么菜色，就喝什么威士忌好了。泰国出产的“湄公”牌便宜酒，配泰国菜一流。吃日本料理的时候可喝他们的三得利（Suntory），这酒味道带甜，我们常开玩笑说它加了“味之素”。英国人更尖酸，他们说：“如果你早上也喝日本威士忌，晚上也喝日本威士忌，那么最后你会觉得日本威士忌有点像苏格兰威士忌。不过，到那个时候，你已经死了。”

美国人不让英格兰人霸占威士忌，他们自己制造了波本（Bourbon）威士忌。波本这个名字出自一个肯塔基州的商人阿里斯托芬·波本（Aristophanes Q. Bourbon）。奇怪的是，这个叫波本的人自己并不喜欢喝威士忌，他是一个出名的巧克力厂的老板，只爱吃巧克力和饼干。

这是英国人笑美国威士忌的话题，但是波本的确有它独特的味道，在制作过程用很多榆木炭来过滤，有一股强烈的炭味，喝了也会上瘾，最普通的是杰克丹尼（Jack Daniels），但老饕们多爱喝野火鸡（Wild Turkey），野火鸡有一百一十度，每两度是一个巴仙酒精，含酒精量五十五个巴仙。

谈威士忌，有几个名词要记得：“Pot-Still”是其中之一，所谓“Pot-Still”就是那个铜制的威士忌蒸馏器，样子有点像个洋葱，更像一管巨大的烟斗。

“Cask”是用来装威士忌的木桶，一切威士忌至少要放在木桶里三年才能成熟。威士忌一入瓶就不会成长。所以有人拿一瓶酒，说在家里已经放了二十年，也一点用处都没有，在木桶里长成的威士忌有两个巴仙的酒被蒸发掉，这两个巴仙叫“Angel’s Share”，给天使喝掉了。

世界上的威士忌，至少有数万种，但是没有两种是相同的，即使不断地发掘，一生也追求不到那么多。可怜的是，天下有九十九个巴仙的人喝不出它的分别。

单一麦芽威士忌

……

和天下老饕吃到最后都欣赏一碗越南牛肉河粉一样，“刘伶们”的共同点是一杯单一麦芽威士忌。

中国人喝威士忌的历史甚浅，更比不上二十世纪七十年代的白兰地狂热。当地宴客，桌中没有一瓶“XO”之类的，简直不入流，白兰地曾经所向披靡地征服了整个东南亚。在中国，更是白酒的天下，威士忌挤不到边上去。

外国人以为中国人喜欢烈酒，白兰地和威士忌同时想攻下这个市场，结果还是法国人狡猾，说白兰地是葡萄造的，有益身心，而威士忌是麦造的，喝之不举。这宣传厉害了，没有人再敢碰威士忌。

从二十世纪九十年代到当今，人们生活逐渐转向富裕和优雅，威士忌才抬头，大家都喝单一麦芽威士忌去。

为什么是单一麦芽呢？单一麦芽是什么？还是有很多人搞不清楚。照字面看，是用一种麦芽酿制的吧？完全错误，单一麦芽（Single Malt）指的是一家厂造的，不像调和（Blended）的制法。所谓调和，是从别人的厂买来，经自己的调酒师们调配出独特的味道。

这又要从头说起了，威士忌是什么？威士忌是从大麦酿造的酒提炼出来的，也可以说把啤酒一次又一次地蒸馏，蒸馏出酒精度极高的酒来。这时的酒，没有颜色，是透明像白开水的，也没有什么味道，除酒精味之外。

威士忌要浸在木桶中，颜色才出来，味道才出来，道理就那么简单。

早年我们喝的调和威士忌，像尊尼走路、芝华士不是不好喝，而是为了大众口味，变成了一般，是个性不强，喝了不会记得而已。

那么就不好喝吗？也不是，所谓的好喝，第一是不呛喉。强烈的酒精，会让人喝了拼命咳嗽，喉咙像被烧灼，感觉并不良好。

尊尼走路分红牌、金牌和黑牌，愈贵的愈陈年，酒精被挥发，喝了就顺喉。大量生产的，放在木桶中的时间愈来愈短，就愈来愈烈，从前的产品较有良心，就算是红牌威士忌，也喝得过，现在没有黑牌级数的话，皆为劣酒。这一点白兰地也是一样的，早年的“VSOP”，就比当今的“XO”好喝得多。

当大家发现单一麦芽威士忌有不同的个性和香味之后，调和威士忌渐被遗忘，只配在欢乐场所喝喝。

对单一麦芽威士忌的认识，也只局限于售价，总之愈陈年愈好，愈贵愈好，拍卖行中的极品，已达到一百万港币一瓶！

我会不会去喝？当年会，是别人请客的时候。自己买来喝的话，我认为麦卡伦的三十年已是极品，要认清楚是金字蓝色底的招纸，大字写着“Sherry Oak”的才好买。

威士忌靠浸木桶，而所有橡木桶之中，只有酿过“Sherry”[①]酒的，再寄回到麦卡伦厂浸威士忌的才是最优雅的。香醇、顺口不用说，简直是一喝难忘，当今虽然已愈卖愈少，但比起其他莫名其妙的，还是合理得多，如果见到了一定值得收藏，这是人生必喝的威士忌之一，错过了是一种损失。

千万别见到只是麦卡伦牌，又写着三十年的就买，这家厂见顾客只识年份，便拼命推售。有一种三十年的，写着是“Fine Oak”（好橡木），也不知是什么木？总之是好橡木就是，这种莫名其妙的木桶流出来的东西喝来无益，别去碰它。

当然，英格兰单一麦芽威士忌还有各种不同的味道，像泥煤味很重的，美国波本威士忌味很重的，数之不清。各样都去试一试，试到你认为最适合自己口味的为止，再拼命试喝不同年份的产品，不必每一种味道的威士忌都研究得那么深。

日本人学任何一种东西，都从基本的开始，所以他们一来就用酿“Sherry”的橡木桶，数十年后，成熟了，自然会有很多人欣赏。

当今日本威士忌也卖得很贵，而且难找了，对于初入门的“刘伶”应该怎么选择呢？我认为初试的话，不如买一瓶镛记已故老板

---

① Sherry，即雪莉酒。

甘健成称为“雀仔威”的“Famous Grouse”，它的商标是一只野鸡，从一八九六年创立，一直用波本桶和雪莉桶来浸酒。我到麦卡伦厂时看到一辆它的货车，问厂里人为什么会有雀仔威在这里出现，原来是给他们公司买去了，出名的麦卡伦当然不会走眼，大家可以放心地喝这个牌子的酒。

其实我怀疑有多少饮客真正懂得什么是单一麦芽威士忌，也许他们喝第一口还是可以分辨得出，但一醉了，什么威士忌加了冰、加了水、加了苏打，都是一样的。

白兰地万岁

……

我们香港人，十多年前，在宴客时，一坐下，桌子上一定先摆下一瓶白兰地，是多么豪爽过瘾！

也只有在香港，要是忘记带白兰地时，餐厅隔壁任何一间不起眼的杂货铺中，都能买到最高级的干邑。这一点连法国人也啧啧称奇。他们老家，只有在专门店里才找得到，连大型的超级市场，最多也是卖“VSOP”而已。

今晚参加一个白兰地的推介晚会，法国朋友说中国人和法国人的饮食习惯相同，爱好美酒美食，白兰地是首选。我不同意，告诉他说：你们只在饭后喝白兰地，我们是饭前、饭中、饭后都喝的，这句话引得他哈哈大笑。

去什么地方，吃什么地方的菜，喝什么地方的酒，是原则。白兰地虽然强烈，但个性极为温和，配任何一个国家的佳肴都没有问题，尤其是中餐，搭得更佳。

但是这十几年来，白兰地的市场完全被红白酒打垮，过年时，已看不到干邑的广告了。

友人之中从白兰地迷转喝红酒的不少，但多数只知价钱不知价值，一箱箱的名牌酒照存，每天喝个一两瓶。我看见之后说你的胃不久就穿洞了。此君不信，以为我在咒他，结果果然喝出毛病来。

要知道红酒的酸性很强，喝来消化一大块一大块的牛扒。我们东方人饮食习惯不同，吃起肉来分量并不多，过量的红酒对身体是有害的。

但强烈的白兰地不是更伤身吗？这也不然，一喝就醉了，哪能像红酒一样一瓶开了又一瓶？

喜欢烈酒的话，喝内地的二锅头、茅台和白干不就行吗？近来中国烈酒大行其道，有的更干脆提高身价，卖到上千块一瓶，吃中餐当然配中国白酒呀！这句话也没说错，可惜白酒的质量控制做得不好，有时开了一瓶忽然不够水平的，好好的一餐，就那么被破坏掉了。

还是白兰地的质量有保证。配干鲍一块儿吃，天衣无缝。鲍鱼也分质量，日本的最佳，价钱那么高也有道理。晒鲍鱼的时候，常被聪明的鸟儿偷食，成本就要打在里面，白兰地也是一样，每年都要经过挥发，所以愈醇的干邑愈贵。

鱼翅之中，加几滴白兰地，汤汁更为香浓。但是白兰地经销商很反对此举，认为有伤干邑之印象，坏酒才拿去烧菜的呀！这种想法甚为可笑。顾客至上，他们怎么吃是他们的事。昂贵的鱼翅，岂可用杂牌白兰地呢？

这又牵涉到白兰地是否净喝的问题。老子有钱，要加可乐七喜也行。法国商人不会反对，只要卖得出去。他们的白兰地专家也指出，兑了水，香味更挥发得出。你的酒量好就喝纯的，不行的话尽管像喝威士忌一样加苏打好了。我有一阵子就深爱白兰地苏打。喝起来舒服，是消费者的权力。

经过这十数年的沉寂，我认为当今是白兰地复活的周期，只要在宣传上做得好，不乏新一代的爱好者。红酒已逐渐褪色，啤酒太弱，中国白酒存在身体上的浓味也不是人人受得了，白兰地还是首选。

中国人对干邑的爱好，从原料开始，到底是葡萄酿出来的，浅尝还是有益。医生也劝人睡前来一小杯白兰地，法国人在餐后饮之，经千多年，是有他们的道理的。

自古以来，我们都沉醉于葡萄美酒夜光杯。这葡萄美酒当然就是白兰地了。我的书法老师冯康侯先生时常和我谈起在珠江的花艇上喝三星、五星、手揸花、手揸斧头牌子的干邑，白兰地是我们最老的朋友了，怎能忘记它？

也很怀念当年豪饮白兰地的日子，在做亚视一档清谈节目时，有马爹利（Martell）和豪达（Otard）两家公司争做广告，桌子上必摆着这两种干邑。倪匡、黄霑和我三人在做准备时已经先干掉一瓶，美女嘉宾来到，各灌数杯，一下子开怀，什么话都说了出来，的确是快乐的饮品。一个节目两小时的录像，就要干个五六瓶干邑才收科。

后来做《蔡澜叹世界》旅游节目，注重了喝红酒，但到底不过瘾，收工后还是要来一两瓶白兰地。

说酒能伤身，那是个别的例子，我妈妈今年九十多岁，每天照饮白兰地，父亲生前用家母喝过的干邑的塞子，混上英泥[①]砌了一栋墙，我至今还能喝一点，是遗传吧。

当然威士忌也为我所好，但香港有喝白兰地的传统，来了这里，还是觉得干邑比威士忌好喝，希望再有一天看到每一张餐桌上，像从前那样摆一瓶白兰地，那是香港经济复苏的一天。

倪匡兄最爱喝的白兰地是马爹利蓝带，他认为半瓶装的比点七五公升[②]的更醇，我则觉得两者皆佳。

一生尝过最好的白兰地，是和倪匡兄一起喝的。当年我从墨西哥拍完外景后，专程飞到旧金山去，发觉他已戒了酒。我拿出一瓶工作人员送我的最佳龙舌兰酒独饮，他要一口试试，说想不到那么容易入喉，两人一下子干掉后，他酒瘾大作，拿出两瓶珍藏的“Extra”干邑来，倪太去了香港，没人开车，倪匡兄又连金门大桥也没去过，我就打电话叫了一辆最长最大六个门的轿车，由黑人美女司机驾驶，公路飞驰，我们打开顶窗，钻头出去，各拿着一瓶干邑吹喇叭，经过的人看了，羡慕不已。

曼哈顿和干马天尼

……

有一阵子酒喝多了，生厌，停了一会儿，现在又重投“旧情

① 英泥，即水泥。

② 点七五公升，即0.75升，1公升=1升。

人”怀抱，要求更多，比从前的酒量厉害。

又可在饭前逛酒吧，要了一杯曼哈顿（Manhattan），这是我人生第一次接触到的鸡尾酒，此情不渝。

初学调酒，依足书上所写：两份（二安士）美国威士忌波本（Bourbon），一份甜苦艾酒（Sweet Vermouth）和一滴安高天娜苦精酒（Angostura Bitter，南美洲出产的一种芳香树皮浸出来的调味品）。

放进一个搅拌玻璃容器中，加大块的冰，铁匙拌它一拌，即刻倒入一个六安士的口圆底尖鸡尾酒杯，放进一粒红颜色的樱桃，大功告成。

这杯琥珀色的酒，美丽得很，加上甜苦艾酒也容易入口，正感有点辛辣时又有那颗樱桃来调节，淑女也会即刻爱上，威士忌性强，绅士们喝得够喉，多几杯也会醉也，故无娘娘腔的感觉，是杯完美的鸡尾酒。

喝曼哈顿是向纽约人致敬，一面向那边的老饕学习，一面自己努力，多年来的研究，已能调出一杯请纽约客喝也颇像样的酒来。

首先是波本的选择，一般人认识的只有几个牌子，像占边（Jim Bean）、杰克丹尼等，一到用上野火鸡已算是专家，更进一步，会接触到美格（Maker’s Mark）。

其实，只出一种酒的马丁米勒（Martin Mills）很醇，杰弗逊（Jefferson’s）也好。至于另一名牌哈珀（I. W. Harper）的总统贮藏（President’s Reserve）是顶尖。

苦艾酒（Vermouth）只能用意大利马天尼酒庄（Martini and Rossi）一牌，这公司出的苦艾分甜的“Sweet”和干的“Dry”，前者深红后者纯白，不可混乱。

“Angostura Bitter”非常偏门，只有一家公司生产，不会搞错。

至于樱桃，太小的或无核的都不正宗，一定要用连核带枝的马拉斯奇诺樱桃（Maraschino Cherry）。烛光晚餐中，对方不喝酒。来杯曼哈顿，先把樱桃由枝部拿出来献给她，绝对不能喝光了鸡尾酒才问人要不要吃，太呕心，别小看那么细的樱桃上沾的不够一滴的酒，感觉上也可醉人。

玻璃杯太小，酒倒得满满令人不安。杯子太薄也有寒酸气，最好用名牌玻璃厂出的六安士大水晶鸡尾酒杯。

自己调配的话，可以不依足传统的配方，原来的曼哈顿到底太甜而不够强烈。波本可以加到二点半安士，甜苦艾减至一点半安士。

绝对不可用摇器（Shaker）去混，放进调酒器（Strainer）中，加几块大块的冰，以防冰快溶而冲淡，用搅棒拌一下即刻倒入杯中，再加樱桃。

之前下的“Angostura Bitter”也需技巧，用小樽的，往调酒器中一冲，即刻收手。酒吧为了省钱，喜用大樽的。口大，一冲太多，香味过浓也不是办法。

这时，你已经调了一杯完美的曼哈顿。

到底是谁发明的呢?

一般传说，是纽约的曼哈顿俱乐部中的一个酒保为丘吉尔夫人做的，不是首相的老婆，是他妈妈，时在一八七四年。

另一说是食评家卡罗尔·特鲁克斯（Carol Truax）的爸爸首创。谁都好，没正式记录，也不必去研究。

曼哈顿的另一个叫法是甜马天尼（Sweet Martini），和干马天尼（Dry Martini）是相对的。前者用甜苦艾酒，后者用干苦艾酒。两种酒都是在纽约的酒吧中最流行的。

喝干马天尼的杯子和喝曼哈顿用的一样。传统调配分量也和曼哈顿相同，但以两份的占酒[1]代替波本，一份的干苦艾，也是在调酒器中拌一拌冰倒入杯，放进杯中的不是樱桃，而是一粒绿色的橄榄。占酒已够香了，所以不必再添什么“Angostura Bitter”之类的香料。

占酒为最普通的英国必富达（Beefeater），也有很多人用哥顿金酒（Gordon's Gin）。自认为专家的人很喜欢用添加利（Tanqueray）牌的占酒，他们到了酒吧，不说来一杯“Dry Martini”，而是说来一杯“Tanqueray”。

其实，最纯的占酒，应该是荷兰产的波尔斯（Bols），荷兰人叫占内芙，传到英国才变成占酒。

但当今被公认为最佳占酒的是孟买蓝宝石（Bombay Sapphire），英国产，和印度孟买无关。你在酒吧中回酒保说要“Bombay Sapphire”，绝对会受尊敬。

至于干苦艾，则用与甜苦艾同公司生产的就行。最后下的橄榄要大粒、坚硬和有核的，中间包着樱桃，软绵绵的是邪道。

空肚子灌上三两杯干马天尼很容易醉，人就轻松快乐起来，为了增强这种快感，当然把干苦艾酒的分量愈减低愈好。

所以叫这杯鸡尾酒时，通常向酒保说要很干（very dry）。干是什么？很多人还弄不懂。内地也拼命用这名词，什么干葡萄酒、

---

① 占酒，音译自Gin，即金酒，又名杜松子酒或琴酒。

干啤酒等。其实干是一种感觉罢了，喝进口酒的感觉到了喉咙即走，不会黏黐黐地一直流到肠胃中。所以当你说要很干时，只是表达你要尽量少苦艾酒而已。

这时，酒保会把苦艾酒倒入调酒器中，加几块冰，把苦艾酒倒掉，只留在冰上那么一丁点，就是很干了。

至于天下最干最干的马天尼是怎么弄出来的？这是我最爱说的笑话，现在回放：那是只喝纯占酒，用眼睛望一望架子上的干苦艾罢了。

爱上果乐葩

……

“Grappa”[1]并没有一个公示的中译名，不像白兰地或威士忌。为了免将稿纸摆横写拉丁字母，我们暂时叫成“果乐葩”吧，直到另一个更适当的译名出现。

果乐葩是红白餐酒的副产品，剥葡萄后的剩余物资，如葡萄皮、枝梗，甚至果核也用上，酿成一种身价最贱的酒，蒸馏之后强烈无比，最初是农民做来满足酒瘾的东西，登不上大雅之堂。

邂逅果乐葩，是年轻时和意大利友人在树下吃四个钟头的午餐，吃过堆积如山的意粉和大鱼大肉之后，红酒已渐失味道。老头

---

① Grappa，果渣白兰地，又译作格拉帕。

子从一个玻璃瓶中倒出一杯透明的液体要我尝尝，一进口简直是燃烧了喉咙，但那股强劲和香味令我毕生难忘，一见钟情地爱上了果乐葩。

后来一上意大利餐厅，即要求果乐葩，不卖此酒的食肆绝对不正宗，尤其是在加州的新派健康意大利餐厅，就找不到果乐葩。对于这种忘本的食肆，我感到异常的憎恶，永不涉足。

我把果乐葩叫作快乐饮品（Happy Drinks）。和白兰地相同，它是饭后酒，又与东方人喝白兰地一样，我是饭前、饭中、饭后都喝的。

最强的果乐葩有八十六个巴仙的酒精，空着肚子一喝，人即刻飘飘然，接着的食物特别好吃。一杯又一杯干掉，气氛融洽，语到喃喃时，什么题材都觉得好笑，嘻嘻哈哈一番，所以叫它为快乐饮品。

当然其他烈酒也有这种效果，但是搭配意大利菜，还是只有果乐葩。吃法国菜从头到尾饮白兰地不是不行，反正老子付钱，要怎么喝是我的事，但法国红酒过于诱人，可以到最后再碰白兰地；意大利红酒好的少，餐厅老板也不在乎你放肆。什么？你喜欢一来就喝果乐葩？好呀，喝吧，喝吧，我也来一杯。

香港有家很正宗的意大利餐厅叫“Da Domenico”，海鲜蔬菜都一丝不苟地从罗马运到，那些头已发黑的虾，很不显眼，但一进口，即刻感到一阵又香又浓的味道，像地中海风已经吹到，又灌了几口果乐葩。愈喝愈高兴，来一碟用橄榄油和大蒜爆香的小鱿鱼，再喝，不知不觉，一瓶果乐葩已剩半，大乐也。

近这十多二十年，果乐葩再也不是贱酒，它渐渐受世界老饕欢迎，最有品味的酒吧也摆上几瓶，像一百年前白兰地和威士忌打进市场一样，果乐葩是当今最流行的烈酒，把伏特加和特其拉挤到一边去。

从前几块美金一瓶的果乐葩，近来愈卖愈贵，选最好的葡萄，去掉肉，只剩皮来发酵蒸馏，瓶子又设计得美丽，已要卖几百美金一瓶了。

只有在意大利做的，才能叫果乐葩，和香槟、干邑等一样。而只用葡萄皮泡制，才拥有这个名称，整颗葡萄造出来的，叫“Acquavite d’uva”。

虽然传统的制法是把枝梗和核也一块发酵，但当今的果乐葩已放弃这些杂物，因为它们的涩味会影响到酒质，所以只用葡萄皮，而且是红葡萄比白葡萄好，将葡萄皮压榨后的物质叫“渣粕”，渣粕的发酵过程中加水，是在欧洲联盟禁止的，这是有法律规定的，严格得很。

发酵过的渣粕煮热后就能拿去挤汁后蒸馏，过程和蒸馏白兰地或威士忌一样，一次再一次的，蒸到香醇为止。古老的方法是酿酒者喝了一口，往烈焰喷出，发出熊熊巨火的话，就大功告成，全靠经验。

不像其他佳酿，果乐葩只要储藏在木桶中六个月就可以拿来喝，但也最少放个半年，这也是法律规定。通常用的木桶由捷克的橡木做，小的可以装两千公斤，大的可装一万公斤。在储藏过程中，果乐葩产生一些甜味，但也有些将糖分完全去掉，我本人还是喜欢略带甜的。

种类至少有数千种，哪一瓶果乐葩最好呢？初饮的人会先被瓶子吸引，典型的有波特嘉（Bottega）厂出产的果乐葩，瓶子烧出一串透明的葡萄，漂亮得不得了。其他产品的瓶子也多数细细长长，玻璃的透明度很高，瓶嘴很小，用个小木塞塞住；也有圆形的，像个柚子。

喝果乐葩也有独特的酒杯，代表性的是“Bremer”厂生产的杯子，杯口像香槟杯那么又长又直，杯底则像白兰地杯般来个大肚子，杯柄和鸡尾酒杯一样细长。

果乐葩用不用在烹调上呢？真不常见。不如红酒或白兰地用得多，只加在甜品中，也有些意大利人在烤薄饼之前拿把油漆刷在饼上扫上一层果乐葩，但大抵是对此酒入迷的人才会这么做。

伏特加和占酒常在鸡尾酒中当酒底，以果乐葩代替这两种酒，也是新的调酒方。

如果你问我哪一种果乐葩最好喝？我是答得出的，但不告诉你，喜欢果乐葩有一个过程，那就是每一种牌子都要亲自试一试，尝到最喜欢的那一种为止。

日本酒等级

我们去日本料理店，叫了日本酒，一小瓶一小瓶的瓷樽上桌，喝完之后也不晓得是什么牌子，最大的分别只是甜一点或涩一点罢了，至于是超特级、特级，或是一级和二级，那是绝对辨别不出的。

你喝不出好坏，别人懂得呢？你可以这么反驳，但是，事实证明，有的二级酒是比超特级更好喝。

原来日本酒的等级根本没有标准能够鉴定，它不像白兰地那么容易地按年份分成“XO”或“VSOP”，所有的日本酒一做出来都只是二级酒。

如果酿酒商拿了二级酒向政府申请为一级或特级，政府便会做做戏地叫一个二十人组成的鉴定团体去试一试，通常都会批准。

因为一大瓶一点八升的特级清酒平均卖二千七百三十日元，政府要抽一千零九十六日元的税，是四十多个巴仙。一级则抽二十七个巴仙，二级最少，只有十四个巴仙的税收。给你高一等，税多一点，何乐不为？

至于超特级和特级都是酒商要面子做少量来打招牌，钱赚得最多的是在卖二级酒的时候。今后诸位在日本百货公司买酒，不必计较什么等级。反正，超特级也好二级也好，喝多了，第二天包你一样会头痛。

日本威士忌

……

当我喝日本威士忌的时候，常被取笑：“日本威士忌带点甜，是不是下了味之素？”

“是吗？”苏格兰人说，“日本产威士忌吗？”

是的，日本老早已产威士忌了，他们是一个爱喝威士忌的民族，因为日本除了烧酎之外，高酒精度的不多，酒徒们对清酒不满足的时候，只转向威士忌，不像中国人那么喜欢喝白兰地。有一个叫竹鹤政孝的，在一九一八年去苏格兰学习酿造威士忌，又娶了一个苏格兰太太回来，在北海道建立“余市（Nikka）”威士忌厂。

在二十世纪六十年代，我们当学生时，喝的是便宜的威士忌，那时候喝三得利红标（Suntory Red），容量有正常的750毫升的双倍，故叫“Double”，只卖几十港币，大家都喝得起。

酒吧当然不卖“Double”，那就得喝高级一点的，用个四方透明玻璃瓶的威士忌，也是三得利（Suntory）厂制造，日本人很亲热地叫它的小名“角瓶（Kakubin）”。好喝吗？比“Double”贵，感觉上已经美味得多了。

至于在酒吧中卖的最高级牌子，叫三得利老牌（Suntory Old），是个全黑色的圆形瓶子，像颗欧洲革命党常用的土炸弹，能喝到“Old”，同日本发音“Orudo”，是部长级的人物，到了银座酒吧的高贵客人，至少得来一瓶。

不喝苏格兰威士忌吗？当然也喝，一听到就大叫：“洋酒（Yoshu）！”好像所有进口的都是最珍贵似的，有一瓶尊尼走路红牌的，就是不得了。当年如果能喝到同厂的黑牌，那你就是社长级。

说来说去，当年的威士忌，是代表了所有的“调和威士忌”（Blended Whisky），没有人知道单一麦芽威士忌是什么东西，“Double”也是，角瓶也是，尊尼走路也是，全是。

喝单一麦芽威士忌，是这三四十年间的事。至今，还有很多人没有把这个名字搞清楚。再重复一次，单（Single）并非指一种麦，而是“一家酒厂”的意思（调和威士忌可以很多家厂买来勾兑出自己的味道）。而麦（Malt）是指用麦芽发酵提炼，其他谷物做的都不行。

麦芽酿制，又蒸馏出来的威士忌，是透明的，是无味的，要浸在橡木桶之中，陈年之后才有色彩和味道，这是最简单的道理。

日本人喝威士忌，最爱加冰和勾兑苏打水，叫“High Ball”，当今年轻人都没听过，那是调和威士忌的喝法，单一麦芽威士忌是不加水的，但偶尔加几滴去“打开”味蕾，有时也只加一小块冰，老酒鬼还是喝纯的。

二十年前我带团去北海道，参观了“余市”酒厂，他们是单一麦芽威士忌的始祖，在酒瓶上用汉字写着“单一蒸馏的麦芽”几个字，好给日本人辨认，当时卖的一瓶也不过是一两百港币罢了。

我向客人推荐“余市”时，都被人嗤之以鼻，当今一九八八年的已卖到两万港币一瓶了。日本人从零开始，精益求精地把威士忌带到国际舞台当中，能造就独一无二的个性，是他们开始用自己的橡木造桶，再以北海道的雪水清泉酿制而成。

“Nikka”除了北海道余市之外，还有在仙台的宫城峡酒厂所产的“宫城峡”也颇受酒徒注意，它的历史并不算长久，建于一九六九年，竹鹤政孝找遍了全国，认为这地方的水质最适合酿制单一麦芽威士忌，加上当地的湿气很重，也是造成独特味道的重要一环。这一家与余市完全不同，一切用最高科技来生产，不经人手，产品水平稳定，十三年的宫城峡最好，十二年的喝得过。

日本最大的酿酒厂是三得利，虽然啤酒是公司的命脉，但从他们的“角瓶”“Old”的威士忌开始，经历多年的演变和进步，最后在二〇〇三年，国际烈酒博览会中的“山崎十二年（Yamazaki 12）”赢得国际大奖，才令人对日本单一麦芽威士忌刮目相看。

“山崎”已是公司的旗舰，接着是同厂的“响（Hibiki）”更获得无数大奖，日本威士忌的基础打得很好，最初都用些悉尼木桶来熟成，不偷工减料。当今的山崎十八年最美味，十年的也已经不错，另外同公司的“白州”更是多人爱好。“白州”的一支“重泥煤（Heavily Peated）”，喜欢泥煤味威士忌的人不能错过。

“轻井泽”已停止酿造，变成神话了，限量版“命之水”的轻井泽是七万八千港币一瓶，这时再去追求已经太迟，如果你想来现在入货的话，建议你去买“秩父（Chichibu）”，它也是“伊知郎（Ichiro）”酒厂生产的，“Ichiro”以卖日本烧酎起家，是九州岛酒厂，早年只注重卖烧酎，没去宣传他们最好的单一麦芽威士忌，现在再用“秩父”来迎头赶上。

这家厂的商品有“Ichiro’s Malt & Grain”“Ichiro’s Malt”“Chichibu Newborn Barrel”和主要的“Ichiro’s Malt Chichibu The First”都是收藏的好对象。

在二〇一五年香港拍卖的单一麦芽威士忌最高价得主是四十五年前的轻井泽，每瓶九万六千港币。为什么一早不买呢？这和一早不买房地产一样，粤人说：“有早知，冇乞儿（早知道的话就没乞丐了）。”乘你现在还喝得起“响”十七年（8934港币）、“竹鹤”二十一年（7979港币），喝一个饱吧。

大吟酿

……

我们从前喝日本酒，哪管得了那么多，有酒精就是。很奇怪，每一瓶都好喝。一点八升的，一下子就喝完。

经济起飞的二十世纪八九十年代中，出现了所谓的“大吟酿”，日本人看到法国红白酒，那么值钱，眼红，非制造出贵酒来卖不可。

“大吟酿”为什么身价百倍？主要是浪费。有些暴发户酒商，认为米粒的外层蛋白质和脂肪含量多，影响酒味，就把它削掉。

削掉三十个巴仙，剩七十的叫“纯米酒”，加了酒精的叫“本酿造酒”。

削掉四十个巴仙，留六十的是“特别纯米酒”，加酒精的分别称为“吟酿酒”和“特别本酿造酒”。

削掉一半的，就是“纯米大吟酿酒”，加了酒精的叫“大吟酿”。

有一些传说，米在蒸成饭时发出的香味一下子就消失。日本人发明了一架机器，在米发出蒸汽时吹出冷风，把气体凝固，掉落回饭中，这才是“大吟酿”的香。

没亲眼看到。不过，“大吟酿”要冷喝是事实。

总之，我们喝日本酒，最先分辨出它是“辛口”还是“甘口”。前者较辣，后者甜。日本人认为经济大好的时候才流行喝辣酒；经济一衰退，人人苦口苦脸，还喝什么“辛口”？当然流行甜的。

辛口和甘口我都喜欢，不呛喉的就是好酒。好酒的定义，和食物一样，应该基于又好喝又便宜，“大吟酿”已失去这资格。

而且所有“吟酿”酒，都是后来才把酒精加进去的，当然没有自然酿出的那么好。

“大吟酿”一瓶七点五升的要卖到一千港币以上。有些香港人不会喝，还叫餐厅烫热了喝，香味全失。

真正会喝的人，只欣赏未削过的米酿成的所谓“普通酒”，不去碰造作的“大吟酿”。

烧酎

烧酎（Shochyu），就是我们的烧酒，也叫土炮和孖蒸。北方人的白酒，就是把烧酒连续蒸馏，提高酒精度。

日本人一向喝的是清酒（Sake），烧酎的出现，也不过一百年，属于一种劣酒，只是劳动者才喝的。

最初应该由韩国传来，韩国人称日本清酒为“正宗”，取自“菊正宗”牌子的名字，他们自己做的烧酎“真露”，杂质甚多，喝了会拉肚子，故要掺一小瓶韩式“济众水”，才没毛病。

韩国人来到日本，住了下去，用日本的大好白米做烧酎，水平就高得多了。著名的牌子叫“宝（Takara）”，有二十五度。四五十年的霓虹灯广告，只能在韩国人聚集的御徒町看到，不是很有名。因为便宜的缘故，穷学生开始爱上烧酎，但它极难下咽，有股很古怪的味道，所以就放一粒盐腌的软酸梅进杯子里面，用把长柄铁匙搞烂了，加烧酎，才能喝得下。

当年一些著名的大众酒场，像京成立石车站附近的“宇多”，客人都喝酸梅烧酎，侍者捧着一点八升的特大酒瓶，见人干了杯即刻添上。酒便宜，小菜如煮牛杂也便宜，大家喝得不亦乐乎。这群穷学生长大，后来成为社会支柱，对烧酎的嗜好依然，便开始制造自己的名牌。混来喝的也不止于酸梅，可加滚水、乌龙茶和苏打来喝。年轻一辈愈勾愈淡，不像清酒那么易醉，也跟着大喝特喝。

目前，烧酎已变成了最时尚的饮品，不喝简直跟不上潮流，卖得比清酒贵得多。各种牌子不断出现，连冲绳岛生产的番薯烧酎，叫作泡盛（Awamori）的，也被捧到天高。但是韩国烧酎，除了“宝”牌，还是不受欢迎。有了电视剧的韩片之后，也许日本人才改观吧？

烧酎名牌

……

“烧酎的来源了解，现在实际一点，有什么好牌子可以介绍？”小朋友问。

“还有几个名词要弄清楚，请耐心听。”

第一，烧酎分甲类和乙类。这连日本人也不太清楚，这是在一九四九年酒税法定下来的。

第二，乙类烧酎用番薯制造，还有用米、麦、荞麦和黑糖做的，称为旧式烧酎，只经过一次蒸馏而成。

第三，甲类烧酎是采取外国的连续蒸馏法，像酿白兰地或威士忌一样，蒸馏了一次又一次，至没有杂质，酒精纯度很高为止，这种烧酒，通常用来腌水果，或与别的酒混合成鸡尾酒，少人净饮。

九州岛造的烧酎最受日本人爱戴，代表性的有福冈酿造的“红乙女”，大分酿造的“岩窟王”，鹿儿岛酿造的“白金之露”和“萨摩红”，奄美大岛酿造的“弥生”。

至于九州岛下面的冲绳岛，最著名的泡盛叫“久米岛之久米仙”。冲绳岛人还考究喝陈年佳酿，称之为“古酒”，名牌有“响天”和“松藤限定古酒”。

一般的冲绳岛泡盛，以七百二十毫升装，卖一千多日元，近来愈卖愈贵，像一支叫“舞富名·花酒长期熟成”的，贮藏了十年，要卖一万五千日元，合港币一千二百多块了。

番薯烧酎代表性的牌子是上述九州岛酿造的那几种，售价不高，小瓶的一千多日元，大瓶一点八升的两千多日元。瓶子的设计愈来愈漂亮，有的是装进一个陶钵的，用支木勺掏酒来喝，叫“五百年藏”，卖五千多日元。

麦烧酎中具有代表性的有“百年孤独”和“决战前后”，米烧酎则有“沉默二十年”“花怀石”“贵气质”，黑糖烧酎有“滨千鸟之诗”，混合酒有“吟香露”，甲类烧酎有“面壁九年”，酒名皆取得甚佳。

做喝酒的人

……

问：“你脸红红的，喝了酒吗?”

答：“没有呀。天生就是这一副模样，从前的人，见到我这种人，就恭喜我满面红光；当今，他们劈头一句：你血压高。哈哈哈哈。”

问：“真的没有毛病?”

答：“一位干电影的朋友转了行，卖保险去，要求我替他买一份。看在多年同事的份上，我答应了。人生第一次买，不知道像我这个年纪，要彻底地检查身体才能受保，验出来的结果，血压正常，也没有艾滋病。”

问：“胆固醇呢?”

答：“没过高。连尿酸也验过，好在不必自己口试，都没毛病。”

问：“你最喜欢喝的是哪一种酒? 白兰地? 威士忌? 红酒? 白酒?”

答：“爱喝酒的人，有酒精的酒都喜欢，最爱喝的酒，是与朋友和家人一起喝的酒。”

问：“你整天脸红，是不是醒着的时间都喝?”

答：“给人家冤枉得多，就从早上喝起来，饮早茶时喝土炮孖蒸，难喝死了，但是虾饺烧卖显得更好吃了。饮茶时喝孖蒸最好。”

问：“有些人要到晚上才喝，你有什么看法?”

答："有一次倪匡兄去新加坡，我妈妈请他吃饭，拿出一瓶白兰地叫他喝，他说他白天不喝酒的，我妈妈说现在巴黎是晚上，你不喝，我喝，结果我们大家都喝了。"

问："大白天喝酒，是不是很堕落？"

答："能够一大早就喝酒的人，代表他已经是一个可以主宰自己时间的人，是个自由自在的人。是很幸福的。他不必为了要上班，怕上司看到他喝酒而被炒鱿鱼。他也不必担心开会时遭受对方公司的人侧目。这一定是他争取回来的身份，他已付出了努力的代价，现在是收获期，这些人是白昼宣饮，哈哈哈哈。白天喝酒，是因为他们想喝就喝，不是因为上了酒瘾才喝。怎么会是堕落？替他高兴还来不及呢。"

问："你会不会追酒喝？"

答："那是被酒喝的人才会做的事。我是喝酒的人。"

问："什么是喝酒的人？"

答："喝够即止，是喝酒的人。"

问："什么叫作喝够即止？能做到吗？"

答："这是意志力的问题。我的意志力很强，做得到喝到微醉，就不再喝了。"

问："什么叫醉？请下定义。"

答："是一种轻飘飘的感觉。有点兴奋，但不骚扰别人。话说多了，但不抢别人的话题。真情流露，略带豪气。十二万年无此乐。叫作醉。"

问："醉得有暴力倾向，醉得呕吐呢？"

答："那不叫醉，叫昏迷。"

问："你有没有昏迷的经验？"

答:“一次。数十年前我哥哥结婚，摆了二十围酒，客人来敬，我替大哥挡。结果失去知觉，醒来时，像电影的镜头，有两张脸俯视着我。原来是被抬到新婚夫妇的床上，影响到他们的春宵，真丢脸。从此不再做这种傻事。”

问:“你的老友倪匡已经不喝酒了，你还照喝那么多吗?”

答:“倪匡说人生什么事都有配额，他的配额用完了。我还好，还是照喝。喝少了一点倒是真的。”

问:“现在流行喝红酒，你有什么看法?”

答:“太多人知道红酒的价钱，太少人知道红酒的价值。”

问:“我碰不了酒，很羡慕你们这些会喝酒的人，我要怎样才了解你们的欢乐?”

答:“享受自然醉去。”

问:“什么叫自然醉?”

答:“热爱生命，对什么东西都好奇，拼命问。问得多了，了解了，脑中产生大量的多巴胺，兴奋了，手舞足蹈了，那就是自然醉，不喝酒也行，又达到另一种境界。”

第四章

即兴对话

有些东西，是要经过人生中的阶段才能懂得。但我还是照样回答，当然你听不懂。那也不要紧，能开窍时就开窍，不能就等。

聊天

……

收了一个女弟子。朋友听了都纷纷发问："教了她什么？"

"什么都没教到。"我说。

"先教吃东西呀！"

"吃东西不必教，好坏是从比较比出来的，只是请她吃饭罢了。"

"教旅行呀！"

"她是一个旅游杂志的记者，有大把机会让她出国做访问。这段时期就像我们年轻时背包旅行，所有没去过的地方都走走。"

"教书法呀！"

"书法要自己有了兴趣，才学的。她正在忙，没有闲情。如果现在教，就像念小学时老师强迫你拿毛笔。我自己都讨厌，怎会叫她做这种事？"

"教赚钱呀！"友人叫了出来。

"年轻人，钱是最不重要的。等她年纪大一点，再慢慢教吧。"

"什么都不教，怎么配当人家的老师？"

"教做人。"我说。

"做人有什么好教的？"

"当然要学，现在你看看周围的，多数不像人，像畜生。"

"到底什么才叫做人？"

"孝顺父母。尊敬长辈。爱护比你年轻的人。重情义，守时，守诺言。”

“那都是老得掉牙的事，有谁不懂?”

“有谁做到?”我反问，“我常听到朋友说人生没有什么目的，这些就是目的了。这些基本好像汪洋中的铁锚，牢牢钉在海里。只要做到一样或两样，已经不会迷失方向。”

“用什么方法教?”

“我只会鼓励她发问，不主动出声。她问，我答。听得懂多少，就多少。不勉强，像和朋友聊天。”

文科

……

“除了这些做人的基本，还有什么要学的吗?”弟子问。

“太多了，学不完。”我说。

“从什么东西学起？怎么着手?”

“从问开始，什么都问，学问就靠学和问。”

“有时候问得太过幼稚，是会给别人笑的。”

“不怕，笑就笑，幼稚比傻瓜好。”

“您回答的，我并不一定听得懂。”

“有些东西，是要经过人生中的阶段才能懂得。但我还是照样回答，当然你听不懂。那也不要紧，能开窍时就开窍，不能就等。你是学文科还是理科?”

“文科。”

"我也只懂得文科的东西，我不是一个理性的人，要问我理科的，还是举手投降。你喜欢旅行，先学地理吧。我问过我的侄女西班牙的伊维萨，她听都没听过，如果在国际社交圈中，就会失礼。所以重要的地名，要记得。"

"有什么好办法?"

"买一个地球仪。每次读到或听到一个陌生的地名，就去转地球仪，更复杂的，上网查好了。"

"需要不需要记得这个地方的历史?"

"记得最好，不然临急抱佛脚，去之前翻一翻，也就行了。"

"还有呢?"

"一下子讲不完。读文科的人，要认识基本的艺术，艺术包括文学、绘画、音乐等等，每一样都要有点知识。看电影去吧！电影综合了所有的艺术，是最容易上手的。"

"好，我从电影问起。"弟子说，"为什么有些电影看不懂?"

说故事

……

"什么电影，都要一个故事，说得不好，就看不懂了。"我说。

"靠特技不行吗?"

"最先几部，还有人看，一下子就厌了，再多的特技去堆砌也没用，所以现在的好莱坞影片都转向讲故事了，像《蝙蝠侠：侠影之谜》(*Batman Begins*)和《超人归来》(*Superman Returns*)，故事说得清楚，又感人的话，片子才会成功。”

“为什么有些出名的导演拍的戏，剧情看不懂呢?”

“传统的说故事方法看腻了，就要创新，打破框框，这一点法国电影早在四五十年前就已经做到了。”

“为什么他们成功，而港产片失败?”

“要打破传统，需要很强的传统基础，像毕加索画画，也要先画得很像，才去抽象，基础打得不好，就要学飞，那么注定失败。”

“说故事不是一件很简单的事吗?”

“是的，用口说，也有高手和低手的分别。用电影的技术，就是镜头的交代来说，也有一些说得清楚，也有一些导演自己以为清楚罢了。”

“好莱坞的一些老片，故事都清清楚楚的。”

“说得对，这就叫基础了，但是没有故事，单是写一个人物，写得有趣，也可以成立。”

“从前的港产片，故事也清楚。”

“我最记得在邵氏工作的时候，导演拍完了戏，给六先生看，他看了说看不懂，要重新补戏。导演们觉得自尊受到损害，老不愿意。后来他们才知道，经过这个训练，才成为说故事的高手，很感激邵老板。”

“请你举一个说得不清楚的例子。”

“比方说，一个人爬到悬崖，一失足掉了下来。如果两个镜头都是远远地看，就不清楚了，要是中间加了一个他踏着的石头松掉的近景，就清楚了。道理就是那么简单。没有基本训练，是不行的。”

经典

……

“音乐呢?”弟子问。

“你喜欢听什么音乐?”

她回答:“我很羞耻，只听流行曲。”

“没有什么好羞耻，流行曲表示很多人听，不一定是坏的。猫王、披头士也是从流行曲开始，后来变成经典。”

“你那么说，听什么都行?”

“也不是。流行曲也分好的和坏的。坏的捧出偶像，旋律不好听、歌词粗俗，那就要尽量少去接触，会把人听成傻瓜。”

“那么一定要听很闷的古典音乐吗?”

“古典音乐不一定闷，但旋律一定优美，一定耐听，才能经时间考验，变成经典，从贝多芬、巴赫、莫扎特等等大师，选你喜欢的去接受好了。”

“那么多首，怎么选择?”

“先买一张陈美(Vanessa Mae)的CD吧。这个小妮子拉的小提琴，把很多古典名曲奏成节奏极快的的士哥，像搭了一个桥梁，让年轻人从流行音乐过渡到古典，你听了喜欢哪一首，就选哪一首。”

“选了之后呢?”

“记住曲子的名字，再去找大师们演奏的。听完陈美，再听大师的来比较，你就知道单单听陈美，是不满足的。”

“要不要懂得歌剧呢？”

“总有一天你会学到的，接触一下也无妨，听那些最著名的，像《阿依达》《蝴蝶夫人》《卡门》等等，中间一定有首一听就着迷，像流行曲一样容易懂得的主题音乐，等你兴趣浓厚时，再去研究整个歌剧。”

“可不可以从新的歌剧开始？”

“当然可以。《猫》《歌剧魅影》《阿根廷别为我哭泣》，什么都行。进一步，研究罗杰和哈马斯坦的半经典歌剧，一步步来好了。”

爵士

……

“爵士音乐，怎么学起？”弟子问。

“可以从听*When The Saints Go Marching In*和*Take Five*开始，这两首曲子，一听就上瘾，是很轻快的，如果你的个性属于好静的话，那么听*Harlem's Nocturne*好了，也很能令人着迷。”

“有什么爵士音乐家，一定要听的呢？”

“路易斯·阿姆斯特朗（Louis Armstrong），这位喇叭手又奏又唱。基本上，他的音乐是令人兴奋的。那沙哑的歌喉，一听就认出是他，别人绝对模仿不到。”

“我喜欢慢一点的。”

“阿姆斯特朗也有慢歌，他那首*What a Wonderful World*就是代表作，给《早安越南》（*Good Morning，Vietnam*）那部电影当了主题曲之后，已象征了越南战争那个年代，原意还是歌颂人生的美好。”

“什么叫‘Blues’？”

“也可以翻译成怨曲。乐器演奏起来比二胡更加悲伤，但主要还是听人唱，功力最深的叫比莉·哈乐黛（Billie Holiday），她的歌都成了经典。”

“单单是乐器的爵士呢？”

“迈尔斯·戴维斯（Miles Davis）和盖瑞·穆里根（Gerry Mulligan）是代表者，一听就知道什么叫作‘cool’。他们的音乐，连最讨厌美国文化的欧洲知识分子也要折服，毫不羞耻地成为爵士乐迷。”

“奇连伊士活[①]拍过一部关于查理·帕克（Charlie Parker）的戏，他的爵士好吗？”

“较为难接受，要花一段时间才懂得欣赏，还是先听听艾灵顿公爵（Duke Ellington）的乐队演奏吧。”

“有什么还要注意的呢？”

“爵士的真髓在于即兴（Improvisation），可以从一首正正经经奏的曲子，随时跳到不相关的另一首，然后又跳回来。这是思维被打断而引起的变化，最有趣了。”

---

① 奇连伊士活，即克林特·伊斯特伍德（Clint Eastwood），美国演员、导演、制片人。

即兴

……

“请您讲多一点关于即兴的事。”弟子说。

“即兴不止发生在爵士音乐里，文学也行，想到什么写什么，也有人叫意识流，发生在人生，更是好玩。”

“什么叫人生中的即兴？”

“想到什么，就去做什么，当然不能违法。不经过思维的不叫即兴，而叫冲动（Impulsion），是种本能的冲动，很危险。早在波西米亚，那里的人思想自由奔放，常做些即兴的事。这么一来，就在死死板板的生活中起了变化。后来疲惫的一代（The Beat Generation）也承继了这个传统，大家聚集一起聊天，想去什么人家里就一大堆人去了，谈论到天明。想去海边就去海边，大家跳进海中游泳，你说好不好玩？”

“疲惫的一代，后来演变成嬉皮士了。”

“你说得对。但是嬉皮士的后代太注重物质享受，又变回古古板板的优皮士，思想就没那么自由了。”

“中国人呢？”

“自古以来有寒山拾得，有竹林七贤，这些人的思想都和欧洲的波西米亚人一致。”

“您要教我学做一个波西米亚人吗？”

“我不能教你去做任何一种人。我只可以告诉你有这么一种选择。连知道也不知道，连想也不敢去想，是很可怜的。”

“如果我是一个生活在政治不开放的社会里的人呢?”

“没有人可以绑住你的思想。偶尔的放纵是件好事。但是要放纵，先要学会收拾。不会收拾，是没有资格去放纵的。不能收拾的放纵，就是本能的冲动。会收拾的放纵，就是即兴了。爵士音乐中的即兴，最后还是回到原先的曲子来。”

飞去

……

“绘画呢?”弟子问。

“分写实的和写意的。”

“画得很像是写实，画得抽象是写意?”

“你很聪明，说得对。最初的画，都是写意的，像古人类在石壁上画的，像小孩子的涂鸦，都不是很像，但天真无邪。后来要求愈来愈高，就画出活生生、很反映现实的画。画多了觉得闷，思想一放纵起来，又回去画不像的。但也要把基础打好，先学会写实才能抽象。”

“雕塑呢?”

“也是一样。埃及人最初作品都和现实有一段距离，你去埃及旅行时观察一下。后来的希腊人雕塑雕得和真人一模一样，但觉得闷了，就开始夸张肌肉的发达，真人没那么完美的。到了近代，欧洲出现了一个亨利·摩尔，就完全地塑得一点也不像了。”

"那么中国画一定是写实的了。画中的山木树木，都很像呀！"

"中国画一开始就是写意。你想想看，哪里有山有水，都可以装进一张长方形的纸上去的？那都是画家先写实，学习把真的东西画得很像，但又去写意，把所有美好的形象都加在一起。"

"您这么说，那么中国画家的山水画都被框框箍住？"

"长方形绑不住他们的思想，你没看到画的上面都是留白的吗？他们的想象可以延伸到无限远去。"

"请您举个例子，怎么去欣赏山水画。"

"我们既然知道山水画一开始就是写意的，那么就要用写意的观点看画，先幻想自己是画的下端的那个人物，带着书童，一路观赏美景，再一步步往上走，看看周围的树木和流水。在茅庐休息一下，喝杯茶，再爬上顶峰，向仙鹤招手，骑着它往白云飞去。"

畅销

……

"写小说呢？"弟子问，"我很想写亦舒一样的爱情小说。"

"那就拿起笔来，开始写吧。光是想，没有用的。"

"也要懂得怎么写才行呀！"

"会说话，就会写。会想象，写得更好。"

"我不会修辞呀！"

"不必修辞。像讲话一样，想讲什么就写什么。话，你会讲吧？"

“那不会被人批评说辞藻不美吗?”

“只要你能写得吸引读者，辞藻美不美是次要的。总之，要多看别人的作品，自己多练习去写。写，写，写，别光考虑发表，当成基本功。”

“写了不发表，不是白费功夫?”

“你要是这么想，就别写了。记住我们学绘画，学音乐，都是用来陶冶性情。要是想成什么家什么家，那么负担太重，就变成次等货色。”

“如果只是好看，而没有文学价值，不会被人骂说浅薄，不够严肃吗?”

“有没有文学价值，那是你死后几百年，还有人看，才叫文学价值。自称有文学价值的严肃东西，是一小圈子的人决定的，可以不必管它。”

“这么说，你否定那些所谓的严肃文学?”

“不。各走各的路。严肃的东西比较曲高和寡，少人看。这点要认识清楚，我最讨厌那些大喊自己是严肃文学，又抱怨书没人买的家伙。”

“要怎样才能当上一名畅销小说的作者?”

“倪匡兄也说过，小说只分两种：好看的和不好看的。你写的故事动人，就是好看的。你写的东西枯枯涩涩，令人看不下去，就是不好看的。”

“大家都推崇张爱玲，我要不要学她?”

“学张爱玲的老师《红楼梦》好了。”

好同学

……

“我的字写得很丑，您教我书法好吗？”弟子问。

“单单觉得字难看，而要学书法，是不够的。所谓书法，是一种艺术，要渐渐觉得很喜欢，到最后入迷，才来学也不迟。我是从四十岁学起，现在才有点像样，你有大把时间先学你更喜欢的东西。”

“如果我马上想学，有什么方法？”

“像我老师冯康侯先生教我，从行书学起，选王羲之的《圣教序》临摹。”

“为什么别的帖不行？为什么不临楷书而临行书？”

“《圣教序》中的字数多，可以学到各种变化，行书写起来比楷书方便，最实用。”

“可以把我的字变美吗？”

“绝对能够令你的字脱胎换骨，我以前的字简直是鬼画符。所有的艺术，都要先下一番苦功，没有乘直升机达到目的的。中国的艺术，讲究拜师。有人指导，可以教你一条快捷方式，不必走冤枉路，也不会教你学粗俗低级的字帖，那会学坏人的。你写几个字给我看看。”

徒儿抓起毛笔，写了东、南、西、北。我说：“唔，还可以。”

“你真的是一个好老师。”

“形式上我是你的老师，精神上我不要做你的老师。”

“？？？？？”

“我的老师说：‘我只告诉你，要向什么什么人学，我也是向这些人学的。’你学他们，我也学他们，那么，我们已经没有师徒之分。我不要做你的好老师，我要做你的好同学。”

谈运动

……

懒洋洋的下午，一个年轻的外国女记者找我聊天。

“你对运动有什么看法？”

我以为她是来谈电影与文学，一开头，就讲这个乏味的话题，也只有勉强应付。

“运动，我最不喜欢运动了。看过美国总统卡特慢跑的一张照片，痛苦得像死人一样。”

“连看足球世界杯也没有兴趣？”

“中国从前有个大军阀，看了足球，说为什么要那么多人抢一个球？每人送他们一个好了！我的看法和军阀一样。”我不是很正经地回答。

“那么你一生中从来不做运动？”

“那倒不是，做学生时被迫上运动课，长大后，也打过篮球，那时候精力旺盛，运动能抵消过强的性欲，倒是件好事。”

“现在呢？真的一点运动也不做？”

“现在已不够用，还要浪费体力，岂不是暴殄天物？”越讲越荒唐，连她也笑了！

“偶尔游游泳，应该的吧？”

“我有个做导演的朋友，很爱运动，但是因为赚的钱不够，一直拼命工作，后来终于有能力买间公寓，有个游泳池，便天天游泳，结果患了风湿！”

“可是有些女人很喜欢有筋肉的大只佬①呀！你不羡慕他们吗？”

“简直是噩梦！那些人拍恐怖片不用化妆！现在肌肉是一块块的，但是不继续练的话，皮肤即刻变成一袋袋！让别人去做大只佬好了，别烦我。”

“打高尔夫球呢？你这种年龄的男士，最适合打高尔夫球了！”

“我有许多好朋友都打高尔夫球，我没有意思得罪他们。但是你们西方也有句话，说高尔夫球，是一群老人，对追求女孩子失去了兴趣，只有追打一个可怜的小球。”

那女记者看着我的身材，继续说：“你什么运动也不做，但是肚腩还不大，有什么秘密？”

“一点秘密也没有，喝茶罢了。”

“喝茶？”

“广东人一直爱喝普洱，普洱能消除多余的脂肪，是数千年来公认的事实。但是要喝得浓，要浓浓的，最好是像墨汁。”

“墨汁？”

“是的。肚子中没有，多喝一点。”

---

① “大只佬”在广东话中通常指肌肉发达的成年男子。

她不了解这句话，笑不出来。

“那么你一点运动也不做？”

“做呀！动动手指抽香烟。”

她才明白我的话，微笑起来。

“现在流行穿运动鞋，男女都穿，你喜欢不喜欢穿运动鞋？”

“最讨厌了，运动鞋臭死了。而且女人穿起来，脚板显得更大，像唐老鸭的女朋友，一点美感也没有。”

“你对运动，是那么地憎恨？”

“那倒不是。”我严肃起来，“我不反对别人替我做运动！”

“别人替你做的运动？那是什么运动？”她有点不安地追问。

“按摩呀！你想到什么地方去了？”我笑着，“还是古人聪明，创造了这门艺术，让别人替你操练肌肉，我们澡堂子的擦背捶骨，是你想象不到的享受！”

“说到古人。”她问，“中国古人，难道不做运动的吗？”

“除了农夫，或靠体力为生计的，多数不做运动，尤其是读书人，谁有那么多功夫做运动？他们最多是游山玩水，走走停停，一点也不勉强。我多想过一过他们的生活！”

第五章

自己的宇宙

我所谓的学问，并不深。种花、养鸟、饲金鱼。简简单单的乐趣，都是学问。

救命记

……

在嘉禾电影工作时，同事兼老友的区丁平，是美术指导出身，后来晋身导演，对建筑甚有研究。他时常告诉我：“千万别买顶楼的房子，我们都向往有个天台，但一住下就发现不断漏水，手尾很长[①]。”

我没听他劝告，购入了公寓最高一层，果然身受其害。最初搬进去已经把整个天台翻开，拆除所有瓷砖，做好一切防水工程，俨如新建。咦，一到夏天大雨，水即透了进来。

请装修人员来看，说得重新来过，花了几十万修好，第二年，又漏水。

这回请一位专家，再花一笔巨款，在天台上用玻璃塑料建了一个大盆子，像个游水池，一劳永逸。

家中杂物甚多。书籍已尽量丢弃，凡是能在书店中买到的都不藏了，剩下的只是随时要用到的参考书。其他在旅行时买下的东西，用纸箱封着，写上日期，过了数年也不去想到的，也都送人。

唯一收藏好些字画，尤其是四幅印章的原钤，出自老师冯康侯先生的手笔。老人家一生刻印七十年，至少有上万个，说自己喜

① “手尾很长”表示完成一件事很麻烦。

欢的寥寥可数，就亲自钤后镶好，装入酸枝玻璃架内，挂在他的书斋。

晚年只收禤绍灿和我两个学生。我们不贪心，不敢向老人家要任何墨宝。老师于八三年逝世，他儿子有一天忽然来电问我要不要那四幅印谱，可以出让，我喜出望外买下，一直挂在墙上。见到它们，灯下上课的情景就浮现。

前一阵子有个老师的纪念展览，我把这四幅印谱大方地借出，因为这代表他一生的作品，少了失色。还回来后一时大意，让菲律宾家政助理放进了贮藏室，今天打开一看，整间房子都透满了水。

大惊，第一个想到的就是那四幅印谱。打开封套，被水浸湿已久，有一半已发了霉，充满黑点！如果是人的话，等于躺在血中。

哇！我大叫，心痛如焚，即刻想到把那装修佬抓来斩几刀。二话不说，我把它们抱起，冲到楼下，叫司机飞车过海，送到医院。

所谓的医院，就是上环永吉街的“文联庄”了，只有找到那家的裱画师傅，才知道这四幅印谱的命运。

皇后大道中上不能停车，我命令司机，罚款也不要紧，把车子半路摆下，司机扛头我抬尾，十万火急将四幅东西送进二楼的店里。

“有救吗？有救吗？”我一看到文联庄的李先生就大声叫问。

李先生观察一轮，有如院长，然后慢慢点头。

“能有多少成像新的？”我又叫。

“八成。”

“不！”我悲鸣，“你一定要再想办法！”

“尽人事吧，”李先生答应，“希望做到九成。”

我整个人到现在才放松下来，腿一软，差点摔倒。护士们，不，是店员们拿了椅子让我坐下。

李先生开始欣赏老师的作品，这四幅原钤用的宣纸，上面有红色的格子，以原子笔[1]打出，他记得还是老师托他间隔出来的。上面的印章，他也能一个个如数家珍地说出它们的出处，是为什么人刻的。我决意在救起印谱后，用毛笔记录下来，裱好镶架，放在四幅的旁边。

心情还是不能平复。这时店员拿出画册，要我写几个字送给他们。

“写些什么?”我脑子一片空白。

“豪放一点的。”他们说。

忽然想到，现在有一杯在手，该是多好！酒瘾大作，提起笔来，书了“醉他三十六万场”。

“一年三百六十五天，十年三千六，百年三万六。醉个千年，好，好！”李先生说。

其他店员也纷纷拿了画册要我题字，反正手已沾墨，就写个兴起，先来个“逍遥”二字。

另一页，题了“自在”。

店中来了两位客人，男的洋人来自多伦多，热爱中国文化，喜书法；女的是中国人，也有同好，时常光顾文联庄，今天刚好碰上，也在店中买了写对联的宣纸，要我替他们题字。也好，来个大赠送。

---

① 原子笔，即圆珠笔。

记得家父在世时，访问过冯老师，老师高兴，知道母亲爱喝白兰地，写了一个对子赠送我的双亲，对曰：“万事不如杯在手，百年长与酒为徒。”学老师，替这对客人写上了，其他人看见我题对联，也都要求。想起家里还有一对弘一法师的，对曰：“自性真清净，诸法无去来。”临摹了法师的和尚字体乐书之。

那位外国朋友不够喉[1]，要我题诗，我将老家壁上题着的绝句写上：“锦衣玉带雪中眠，醉后诗魂欲上天；十二万年无此乐，大呼前辈李青莲。”

“李青莲是谁？”他问。

“李白的外号。”我回答。

“到底什么叫书法？”他问，“要怎么才把字写得好？”

我说：“字写得好不好没关系，你没看到我气冲冲地跑进来，现在心平气和？这就是书法了。”

玩画

……

在东京偷空去看画展，“三越”百货一年一度新画家作品，整个会场有上千幅之多。

能被选中，是年轻人的梦想，作为踏入画坛的第一步。绘画并

---

① 不够喉，即还没满足，还没过足瘾。

不能靠尺寸来衡量，只能计算参加过多少次画展或自己开过几回个展，当一张成绩表。

那么多绘画者之中，有哪一个能成巨匠呢？未受肯定之前，都在默默耕耘，画完一张再一张，家里已没地方堆放，还是卖不出。这个穷困挣扎的过程，非常漫长。

有人赏识，除了自己的功力之外，亦需际遇。幸运的早一点碰到画评家的吹捧、画商的推介、收藏者的热爱。

倒霉的，一生只卖出一幅画，要到死后才被后人发掘。

每一个艺术家的作品，没售出之前，都在怀疑自己的能力：最初走的路线是不是模仿？建立了风格之后，有没有人懂得欣赏？即使有人买，自己是不是一个昙花一现的骗子？有人支持的话，维持多久？五年？十年？永远处于不安的状态。中途放弃的，像樱花落地。发疯的，如天上的星星。艺术家的命运，非常悲惨。

刻苦经营下去，便得推销自己了。逢人便说我的作品卖给了什么什么名人。与一个庸医，拼命吹嘘自己治好了某某，是一样的。

连品格最清高的冯康侯老师也说过：“开画展时，为了多卖一幅，也得向不懂的富商解释内容。艺术家，不饿死才是人。”

当年听了非常唏嘘，自认不是为了艺术抛头颅洒热血的料子。艺术家都是小孩子时已有天分，再投入一生为赌注的人。那种狂热，比任何政治或宗教更厉害。

当玩的又不同。文人嘛，画几笔又如何？不想成家的话，轻松自在，任何方式都能表现一下内心的喜悦。我不要作画，我要玩画。

谈收藏

……

问："文人通常收藏些字画，你有没有？"

答："我不例外，很少罢了。最珍贵的是冯康侯老师的书法和篆刻作品。老师生前我不敢向他要，他自动送了我一两幅，过世后我也向人买了一些，就此而已。"

问："你的另一位老师丁雄泉呢？"

答："送过一幅小的。另外有一幅是他白描，由我上色，他为了我题上两人合作的字句，真是抬举我了。"

问："其他呢？"

答："有几幅亨德森（Gerard Henderson）的西洋画和一些弘一法师及丰子恺先生的作品，都是我心爱人物的作品。"

问："按你现在的经济条件，收藏一些名人字画，是买得起的呀！"

答："名人画也有好坏，不是精的买得起，精的买不起。精的留着在博物馆看，不精的不值得收藏。"

问："你从来没有当收藏是一种投资吗？"

答："（叹）我不知说过多少次。收藏字画或其他艺术品，等到有一天要拿出来变卖，就倒了祖宗十八代的霉了。如果当成投资的话，早就改行去学做古董鉴定家了。"

问："小的时候呢？"

答："小的时候也和同学一样，学过集邮，也下了不少功夫，如果能留到现在也许值钱，但中途搬家搬了好几次，也散失了。"

问："年轻时呢？"

答："在日本的时候，也收集过不少火柴盒，但一下子就厌了，全部扔掉。不过买打火机和烟灰盅的兴趣还是有的，每到一个新的地方，看到有特色的，一定买，不过不会花太多钱。多年下来，也有好几百个。"

问："近来听说你要戒烟了？"

答："咳得厉害，看来是要戒的。"

问："那么那些打火机和烟灰盅呢？"

答："可以编好号，集中起来卖掉，钱捐出去；卖不掉的话，找个我喜欢的人，也抽烟的，送给他好了。"

问："还有什么舍不得分给人的呢？"

答："只有茶盅了。"

问："茶盅？"

答："也有人叫盖碗。旧式茶楼像陆羽和莲香，到现在也用来沏茶的瓷器。喝普洱的话，叶粗，用紫砂工夫茶壶不实际，还是用茶盅好。"

问："你收藏的是什么茶盅？"

答："只限于民国初期的。"

问："为什么？"

答："比民国初期还要老，像清朝的，太贵了，买不起，还是去博物馆看。当今的，手工太粗，胎太厚，手感不佳，又俗气的居多，不值得买。"

问："民国初期的茶盅有什么特别？"

答：“都是生活中用的，很平凡，但是当年的人比较优雅，做出来的普通用器，有很高的品味。我从四十年前来香港时开始收集，最多是三四十港币一个。”

问：“现在呢？要卖多少？”

答：“至少四五百吧？有的还叫到一两千呢。”

问：“那你有多少个？”

答：“很多。”

问：“你会拿来用吗？”

答：“（笑）当然。这些所谓的半古董，打破了也不可惜。玩艺术品的境界，是摩挲。不拿在手上用，只是看，不过瘾的。”

问：“怎么用？”

答：“每天拿来沏茶呀！春天用花开鸟鸣的图案，夏天是古人树下纳凉，秋天一片枫叶，冬天大雪中烹茶，还有大大小小、各种不同的状态，都可以变化来用。”

问：“你可以看出是真品吗？怎么看？”

答：“我不贪心，只研究一种茶盅，也只学民国初期的。像一个当铺学徒，从好货看起，我很努力地去博物馆看，看久了，知道什么是真的，什么是假的。”

问：“买过假的吗？”

答：“当然。但是假得好，假得妙，也当是真的。”

问：“打破了多少个？”

答：“无数，多是菲律宾家政助理经手的。我自己洗濯时很小心，旅行时也带一个，放在锦盒中，不会碎。薄胎的茶盅很有趣，用久了总会有一道裂痕，但不会漏水出来，冲入滚水之后，瓷与瓷之间的分子相碰，竟然会发出‘锵’的一声，像金属的撞击声，很爽脆，很好听。”

问：“我从来不会用茶盅。只懂得用茶壶，用茶盅会倒得满桌都是茶。”

答：“没有一个人从开始就会用茶盅的，都得经过训练。我开始的时候也和你一样，倒得满桌都是，后来立心学习，买一个普通茶盅，在冲凉时拼命学斟，一下子就学会了，你也应该学会的。”

玩种植

……

当今的芫荽一点也不香，而且有种怪味，这都是为了大量生产改变基因的结果。一直寻求以往的味道，但失望了又失望，直到有一回去参观了丰子恺故居，回程在一家小餐厅吃午饭时才找回来，原来是他们在后花园自己种的芫荽，之后再也未尝到。

回到香港也不断寻求芫荽的种子，发现多数是新品种，还有一些是意大利芫荽呢！本来在日本旅行时乡下的杂货店，可种花草蔬菜的种子都有出售，唯缺的是芫荽，日本人是不吃芫荽的。

一位很好的朋友有个很稀奇的姓，姓把，叫文翰，他是一个到各深山找寻美食原料，再在网上销售的人，卖的东西像花椒，也是严选出来的，只要咬一小颗，满口香味，而且即刻麻痹，厉害得很。

我对他极有信心，就向他请求，如果看到中国的原种芫荽的种子，就寄一些给我，经过甚久，日前他到底找到寄来，反正眼下无事可做，就开始玩种植了。

在网上看到一则广告，卖室内种植的摆件，叫“Smart Garden”，即刻买下。寄来的是一个塑胶的长方形箱子，附带三个小杯子，杯中已下了罗勒种子，只要加了水，插上电，架上的灯就会自动亮十六小时，其他八小时自动熄掉，制造大自然假象，让种子生长。盒的下方装了水，让所种植物吸收，水一干有个指示器会叫你加。

对我这种住在水泥森林[①]公寓中的人，这种室内种植的器具很好用，除了种罗勒之外，我就用把文翰寄来的芫荽种子埋下，之后如何，等下回分解。

现在想起，有花园住宅的人实在幸福，可惜命中注定我没有享受这种清福的命。

家父就不同，他在中年时买下一座洋房，花园的面积至少有两万平方英尺[②]，足够他种所有的花草。

记得刚搬进这个新家，父亲第一件事就是把那株巨大的榴莲树砍下，可惜吗？

一点也不可惜，因为这株榴莲生长的果实都是硬的，马来人叫作“啰咕”，长不熟的意思，有时骂人也可以用上。

树一倒，有很多颗小榴莲，别浪费，我们小孩子当它是手榴弹来扔，把附近来偷其他水果的马来小孩赶跑。

由铁门到住宅还有一小段路，上一手屋主种了一棵红毛丹树，的确茂盛，所产的红毛丹集成群，整棵树被染成红色。

---

① 水泥森林，指城市的高楼大厦群。

② 1英尺约等于0.3米。

可惜的是这棵树的红毛丹种不好，非常之酸，又麇集了一群又一群的蚂蚁，会咬人的。

家父又将它砍了。环保人士也许会认为不妥，但南洋地方，树木生长得快，种下新的，不久又是一大棵。

代之的，家父种了又种别的植物，他特别会玩，接枝后有一棵成为大树的，生长着大树菠萝，生长的水果两人合抱那么大，里面的果实有数百粒之多。同一棵树也长着红毛榴莲，这是另一种菠萝蜜，果子没那么大，但又软又香，也是我们小时最爱吃的。

本来土种高大的番石榴树也被铲除，本来又酸又多核的品种，变为矮树随手可摘，核变少，只剩下一团，切开了整颗番石榴又香又甜。这还不算，爸爸再接上广东的绯红色品种，果肉更显得漂亮诱人。

接枝时我必在他身旁看，只见他把树枝削去，再把另一株树的枝干剖开插了上去，用绳子绑紧，最后将一堆泥封上，不久便生出根来，可以移植在地上了。过程当时觉得很神奇，想长大了亲自动手，但一直没有机会。

如果我这次种芫荽的试验成功了，便会跟着种别的，一直想种的还有辣椒，其实也很容易。但来了香港，有的广东人说辣椒会惹鬼，虽然我不迷信，但也打消了念头。

跟着种西红柿吧，拿了意大利的种子，种出各种形状和颜色的来，又绿又黄又红，分隔成图案，实在很美。

要不然种青瓜吧，也要找到原始的种子才行，当今在市场上买到的都已变了种，连长着疙瘩的那种也不是那么一回事了。

说到瓜，现在最合时令，可种丝瓜或水瓜。搭个架子种葫芦最妙了，成熟时可以切丝来炒菜，选个巨大的，晒干后挖出种子当酒壶，学铁拐李，喝个大醉。

有了架子我可以种葡萄。

我家有个天台，当今只要努力，种什么都行，只是少了家父来陪伴，要是能回到过往，和他一起研究怎么接枝，那是多么的愉快！

近来常做梦，梦到和父亲一起种出一个枕头般的大冬瓜来，挖掉核，里面放瑶柱、烧鹅肉、鲜虾和冬菇来炖，最后撒上夜来香。外层由他写字，我用篆刻刀来刻，一首首的唐诗，美到极点。

猫的观察者

……

重读老舍写猫的文章，真是描述得丝丝入扣，再看丰子恺画的，更是入神。古今文人墨客爱猫的真是多不胜数。

我也一直想画猫，不断地观察猫的各种形态和表情，真是怎么看都看不厌，愈看愈觉得它们可爱。为怕遗忘，本来想用手机拍下，或一看到别人在网上刊登，就记录下来，以作参考。

后来一想，知道从照片得来的，都是二手资料，永远比不上印在脑海的传神，就把那成千上万的照片一一删掉，当记录的话，用一本小册子描绘好得多。

毫无疑问，猫是主人，我们是臣子，内地爱猫之人称猫为陛下，学猫发命令，必用“朕”字表达。这些人也自称是“铲屎官”，我一向对排泄物的名称生厌，不喜欢这个名字。

倒是很赞成他们叫猫为“喵星人”，是的，我们永远不了解猫，认为它们是另一星球来的。

观察猫，从小只的开始，这个阶段的猫，什么种类都美丽，一大了就不同，有的变成皱了眉头、看不起所有植物的讨厌家伙，有的长了凶残的眼神，变成怪物。

小猫向母亲学习的姿态总叫人欢笑，它们学用爪洗脸，一遍又一遍。它们学着大猫喝水，怎么喝也喝不到，它们学翻墙，常不成功，经常跌倒，也令人捧腹。

有些东西是不用学的，长在它们的遗传基因里面，像它们极爱的干净，人类的臭脚是它们的天敌，一闻到立刻瞪圆了眼睛望住你，嘴巴做了一个“O”形，昏倒过去。

或者一嗅到臭味就要四处抓泥沙来掩盖，从前有花园的家，它们解决后一定会做这个动作，当今住在公寓中，实在可怜，铺砖的地板上一点泥也没有，一点沙也没有，但还是继续抓，继续埋。

另一种本能是看到排泄物形状的东西，即刻跳开，不相信你拿一条黄瓜抛给它们看看。

“你那么爱猫，为什么不自己养一只？”友人常问。

我必须承认我是一个比猫更爱干净的人，小时候还不在乎，养了一只，长大后就受不了猫身上那种味道。

爱猫之人还得喜欢猫味，抱着拼命地闻，内地人称之为“吸猫”，这是我受不了的行为，所以我不能算是一个爱猫者。

“可以叫家政助理去做这些事呀！”友人又说。

但你怎么舍得把自己的婴儿叫人照顾呢？

另一个我没有的条件，是我也住在公寓中，本身已是一个笼子，怎忍心关它多一层？

还是做一个猫的观察者好。

日本人有一句话，说："养猫三年，但是它三天之内就会把你的恩情忘得一干二净。"

我就不相信，你没有看到猫不断地把咬死的老鼠放在主人面前吗？

猫爱睡觉，怎么叫也叫不醒，所以它们得被人类收养，不然在野外早已给更凶残的动物吃得绝种。

我在日本乡下看到一只极瞌睡的猫，把它翻过来也照样睡，同事拍成视频发布出来，得到几十万人点击。

猫的睡，是毫不选择时间和地点的，它们一睡起来就像液体，可以流到任何地方，观察猫，看它们睡，是一件乐事。

可惜的是一睡就看不到眼睛，猫眼是它的灵魂，有各种形状和大小，最美的是桃核般两头尖、向上翘的眼睛，圆的也漂亮，最不好看是上面平、下面圆的，像是永远的悲伤。看猫眼要晚上看，这时瞳孔放大，更是可爱，太阳一出，挤成蛇眼般的线形，就有点恐怖了。

媒体上的片段，有猫替主人按摩的，这也是真的吗？绝对不是，它不过是把人的背当成一个厚垫来做伸掌的运动罢了。

猫可以教的吗？能够的。俄罗斯马戏团有猫的表演，但这是极残酷的鞭打和饥饿训练出来的成果，绝对不人道，绝对要禁止。要训练，只能做到教它们在指定的地方大小解为止。

眼食

……

柜台上摆着的观音，是虞公窑曾氏兄弟的作品，头部和发饰精工细凿，衣服折痕则以朽木抽象表现。写实和写意，升华至另一境界，看得舒服无比。

观音身旁再放一只猫头鹰，是用阿寒湖漂流下来的木头雕刻的。作者是位寂寂无闻的日本艺术家。鹰身肥大，头是另一块木头配上的，可以旋转，造型可爱。

每次买到悦目的东西，都放在观音像前供养。鲜花无间，有时是蝴蝶兰，到了牡丹季节，让花在菩萨下怒放。

发香的，更常放置，像姜花和白兰，献上茉莉一盆，追悼黄霑。

并不止于花，蔬菜也行。油菜当造，买了一斤，去掉多余的叶子，采其花与心，插在钉座上，再浸于水，不逊于寻常的花朵。

八两韭菜花直插也很漂亮，观音慈悲，也不会当韭为腥。

红的西红柿一串串，来自意大利，日晒干了，亦是好食材。又黄又绿的灯笼椒，比任何人工艺术品更好看，佛看了一定喜欢。

把那只猫头鹰的视线转过来。它表情调皮，但在菩萨面前不敢撒野，乖乖地看着。有时摆了一个佛手瓜，像老和尚合十。猫头鹰一定在想，好不好吃？

前几天到大阪，在黑门市场里买了两个肥胖的白萝卜，柚子般大。头上长着切去叶的茎，像冲冠的怒发。不管多重，也拾了回来供养。茎部过一些时候枯竭，每天看着它长出又细又长的幼叶，生命力真强。

果实更是最佳的摆设，友人送了我一粒巨大的柿子，一口吃掉了太短暂，摆在佛像下面，看了很长时间。

眼食，到底比口吃为佳。

树

……

学篆刻有一个好处，那就是能从一方小小的图章中看到宇宙。凡事仔细观察，总有无穷的乐趣。

我们每天到学校上课，出门买菜，或者上下班，如果觉得路途遥远，那么看路边的树木好了。不注意的话它们不存在，认识了你便会一棵棵叫出名字来。看它们开花落叶，目的地一下子到达。

在香港常见的树种类虽然无数，但是归纳后不外几种，并非难事。

“树有什么好看的?”小朋友问。

首先，我们会感叹造物者的神奇。一棵大树，叶子至少有数十万片，你想想，它要吸收多少水分才能让这些“儿女”得到营养。看叶子的凋落，悲哀吗?但到了翌年，树又充满绿叶，这不过是成长的一个过程。

欣赏树，我们可以从它的外表开始，一下子就发现每一棵树的形态都不同。接着是叶子了，圆的尖的各异。再下去看花，美不胜收。树皮也好看，有的光溜溜，有的爆裂。最后是它的根了，牢牢地抱着大地，有些根是从树枝上挂了下来。

代表性的是榕树，香港的是中国榕，又叫细叶榕，树干直而粗壮、枝上长出长长的气根，像长了长须的老人。榕树气根能长入泥土，并发展成另一棵榕树。新树又长气根，就那么代代相传下去。有时这些气根会把树干包围起来，像孩子抢父母的饮食，争取吸取泥土的滋养，这种竞争叫作绞杀现象。

阿弥陀佛。说到此，还不如联想印度的榕树，和香港的是不是同一个种？释迦在树下，如何觉悟？

长得又高又直又粗的木棉，树干上有尖刺，御防动物攀爬，正直无偏的树干挺腰笔直，十分威武。但到了春天又有娇艳的一面，长出又红又大的五瓣花朵。在路旁拾起来看，花萼呈杯状，其中雄蕊无数，晒干了是中药。五月结果，椭圆形，爆裂后飞出棉毛来，不喜欢的人为飘得满面而懊恼，爱上了就觉得像飘雪。木棉又叫英雄树，如果掉落的花朵黏在树干上，真的像中弹的烈士，屹立不倒。

早春杜鹃怒放的香港万紫千红。各地都长杜鹃，郊外也有野生的，花柱似蝴蝶须，花冠呈漏斗状，非常高贵。叶片很厚，椭圆形或披针形，先端位渐尖，叶片及柄皆被毛，故也称毛叶杜鹃。从前的香港总督府中长得最茂盛，当今偶尔也给大众进去观赏，等到开放日，去走一回吧！不然在一些学校校园也看到杜鹃，问学生：是什么花？愈是名校，愈回答不出。

大量的代树，本质又是花岗岩的野外，植物稀疏。故引进了多类外地树，适应力强，生长迅速，其中之一是台湾相思。山脊上的防火林带也多是这品种，远看有如一条绿色的带子，也叫“绿带”。春暖时分，台湾相思开出绒球小花，一片金黄，令人目眩。下完雨，在台湾相思的树下走过，会闻到一阵强烈的腥气。

还是白兰清新芬芳，在春夏初交开花，有时秋天也盛放，花开二季。花瓣狭窄尖长，可用铁线串起来打个圈，挂在上衣的纽扣上，阵阵香味飘来。早年的女士们更将之别在髻上当头饰，当今的最多买几朵放进LV皮包里。白兰可以长得五六层楼高大，花一开数万朵，如果买房子买到路旁有一棵大白兰，那才是真正的发达了。

看过台湾相思的黄，就要看凤凰木的红了，最美丽是在初夏蝉鸣时，起初树顶上看到几朵红花，一下子像燎原之火燃烧得通红，洋人称之为“森林的火焰（Flame of the Forest）”。它的叶子为羽状复叶，对称着长出，到了冬天在北风中如雨飘落，另有一番凄美。

看果树的话，新界一带也有许多龙眼，银杏则少见。有趣的是，南酸枣，像橄榄，肉厚汁多，果核有四五个洞，也叫四眼田鸡。油甘子又叫余甘子，果实绿绿油油，细嚼之后有余甘，故称之。最香最好吃的莫过于本地蒲桃了，三四月间看到地上落着一堆黄色的蕊丝，就知道是蒲桃树。五六月结果，像个柠檬，当中有棵小核，摇起来咕噜咕噜作响，肉又香又甜，可惜现在的人怕生虫，不敢尝试。

香港特别行政区区徽是紫荆花，我倒觉得，我们的区花应该选鱼木才对，鱼木又叫树头菜，别名石栗。香港特区政府将各种树的树名写在一块小板钉在树干上，下次经过仔细看看，就知道什么树叫鱼木。到六七月间你不看也认得出，树头上开满着黄花，漫天花海，美不胜收。单单是太子道上就有几百棵鱼木，开起花来像游行的涌涌人头，和平坚强，质素奇高。

有时树让我们想起一个人。丁雄泉先生常带我去看阿姆斯特丹河边的一棵大树，叶子上百万片，垂至水上。有一天，丁先生和我都走了，树尚在，这是做人最简单的道理，争执来干什么？我想，对大树的尊敬，莫过于死后把骨灰埋葬树旁，与它共同取笑路过者人生之荒唐。

蒜花

……

无聊吗？找事情做呀！

烧个菜，把碗碟和厨具洗擦干净，一个下午很容易度过。

在外国生活时，寂寞难耐的时刻总会来到，与其躺在沙发上呻吟，不如种种花。

什么？斗室一间。哪来的花园？

我常把用完的红茶铁罐收起来，弄点泥土，就开始在房间内种花了。也不一定是花，蔬菜也可以，随手拈来的是蒜头。

很久之前在巴塞罗那住过一年。那边的人吃面包的习惯和其他欧洲国家不同，喜欢把面包烤得略焦，在坚硬的表皮上，拿一瓣大蒜用力磨，磨完大蒜又磨西红柿，撒上点盐，就那么吃，没有餸菜[1]也不在乎。

我吃完面包，就把剩下的几瓣大蒜放进裤袋中，拿回酒店。

找根钉，在四方形的红茶罐底钻几个洞，再用茶碟盛着。这么一来，浇过量的水可以漏出来，不然会把蒜根浸霉掉。

将蒜瓣的圆底朝下，尖头向上，塞进罐中。整颗埋住，直到看不见尖头为止。

水不必浇太多，一个星期一次已经足够，过几天后就长出芽来，这时候可以用烫衣服的喷水器把蒜苗喷湿，每天喷喷，也是乐趣。

看看这棵小生命一天天起变化，很过瘾。有铁罐即刻收起，这种一罐那种一罐，餐桌上忽然多了七八根蒜苗。

半夜肚子饿，不成眠。起身泡一碗公仔面，除了那包味精粉之外什么配菜都没有。这时只有牺牲其中一根蒜苗，用随身携带的法国木柄“Opinel”小刀切开，一根只能切十段左右，珍惜下面，较鲍参翅肚佳。

忽然，有一天，竟有一个球状的花长成，爆裂后开出几十朵小花，紫颜色的，美得不得了。收拾房间的西班牙姑娘在我不在时，贴上一张纸条，写着“Bravo”以表赞赏。

---

① 餸菜，即下饭菜。

古人四十件乐事

……

古人有四十件乐事：

一、高卧。二、静坐。三、尝酒。四、试茶。五、阅读。六、临帖。七、对画。八、诵经。九、咏歌。十、鼓琴。十一、焚香。十二、莳花。十三、候月。十四、听雨。十五、望云。十六、瞻星。十七、负暄。十八、赏雪。十九、看鸟。二十、观鱼。二十一、漱泉。二十二、濯足。二十三、倚竹。二十四、抚松。二十五、远眺。二十六、俯瞰。二十七、散步。二十八、荡舟。二十九、游山。三十、玩水。三十一、访古。三十二、寻幽。三十三、消寒。三十四、避暑。三十五、随缘。三十六、忘愁。三十七、慰亲。三十八、习业。三十九、为善。四十、布施。

从前，大部分都不要钱的；当今，当然没那么便宜，谈的只是一个观念。

高卧，睡个大觉，不管古今，大家都喜欢，可是都市人很多睡得不好，只有吞安眠药去。静坐都市人谈不上，我们劳心劳力，坐不定的。

尝酒可真的是乐事，现在已可以品尝各种西洋红白酒，较古人幸福得多。试茶人人可为，不过茶的价钱被今人炒得不像话，什么假普洱也要卖到几千几万，拍卖起来甚至到上百万元，实在并非什么雅事。

阅读的乐趣最大，不过大家已对文字失去兴趣，宁愿看图像，连最新消息也要变成什么动新闻，看得十分痛心。

临帖更是不会去做。对画？对的只是漫画。

诵经只求报答，求神拜佛，皆有所求。

咏歌？当今已变成去唱卡拉OK了。真正喜欢音乐的到底不多，鼓琴更没什么人会去玩了。

焚香变成了点烟熏，化学味道一阵阵。檀香和沉香等已是天价，并非人人烧得起的。

最难的应该是莳花了。莳花这两个字是栽花种花，整理园艺，栽培花的品种，当今只是情人节到花店买一束送送，并非古人的“莳花弄草卧云居，漱泉枕石闲终日”了。

候月？今人不会那么笨，有时连头也不抬，月圆月缺，关吾何事。

听雨吗？雨有什么好听的？今人怎会欣赏宋代蒋捷的“少年听雨歌楼上，红烛昏罗帐。壮年听雨客舟中，江阔云低，断雁叫西风。而今听雨僧庐下，鬓已星星也。悲欢离合总无情，一任阶前，点滴到天明”？

望云来干什么？要看天气吗？打开电视机好了。

瞻星？夜晚已被霓虹灯污染，怎看也看不到一颗。有空旅行去吧，在沙漠的天空，你才会发现，啊，怎有那么多。

“负暄”这两个字有两种解释：一、向君王敬献忠心，大部分被奴化的人已渐渐接受了，以为这两个字是这样的，不知道它还有第二个解释，即在冬天受日光暴晒取暖，这才是真正的乐事。

赏雪吗？今天较幸福，一下子飞到北海道去。

看鸟去是不敢了，有禽流感呀！

观鱼较多人做，养数百数千数万的锦鲤，发财啰！

漱泉吗？水被污染得那么厉害，怎么漱？就算有干净的泉水，也被商人装成矿泉水去卖，剩下的才用来当第二十二条的濯足。

倚竹？当今只有在植物公园里才看到竹，普通人家哪有花园来种。抚松也是，只能在辛弃疾的诗中联想：“昨夜松边醉倒，问松我醉何如？只疑松动要来扶，以手推松，曰：去！”

远眺，香港的夜景，还是可观的。

俯瞰，从飞机的窗口看看香港高楼大厦吧。

散步还是个便宜的运动，慢跑就不必来烦我了。

今人怎有地方荡舟，有点钱的乘游轮看世界，没有的只好来往天星码头。

早上学周润发爬山，至于玩水，香港的公众浴池有些大妈会在中间解放的。

访古当然最好去埃及看金字塔了，寻幽就要到约旦的佩特拉（Petra）看红色的古城。

当今人真幸运，旅行又方便又便宜，天热可往泰国消暑，又有按摩享受；天寒到韩国去滑雪，又有美味的酱油螃蟹可食。

第三十五的随缘已涉及哲学和宗教了，大家都知道，但大家都做不了。第三十六的忘愁也是一样。

第三十七的慰亲赶紧去做吧，要不然有一天会后悔的。

第三十八的习业是把基本功打好，经过这段困苦而单调的学习过程，一定懂得什么叫谦虚。

最后的两件为善和布施尽量去做，如果不是富翁，在飞机上把零钱捐给联合国儿童基金会吧。

闲与乐

……

曾经为茗香茶庄写过一副对联，曰：“为名忙为利忙忙里偷闲吃杯茶去，劳心苦劳力苦苦中作乐拿壶酒来。”

自己的散文集成册，也用过《忙里偷闲》与《苦中作乐》为书名。

忙和苦到底有那么可怕吗？是的，如果你是一个朝九晚五的工作者，那么退休的安逸生活，是你渴求的；要是你付出的只是劳力，就简单了，老来过清淡的生活，舒服得很，养鸟种花，日子过得快。

人一不忙，就开始胡思乱想，自我中心起来。这很糟糕，不了解别人为生活奔波，以为做出的要求，别人非为你即刻办妥不可。

子女为什么不来看我？邮差为何不送信上门？每天派的报纸，怎么迟了十分钟？看病时，医生为什么不即刻为自己检查？

人不能停下来，如果你是一只大书虫，那就无所谓了，看书的人有自己的宇宙，旁的事，太渺小了。

有时可真羡慕外国人的豁达，一代是一代，长大了离开，父母不管我，我也不必照顾他们，各自独立。有了家族观念，反而在感情上纠缠不清。说是容易，但我们摆脱不了生长在中国家庭的宿命，我们还是有亲情的，我们的父母、兄弟、姐妹、孙子、孙女，都要互相拥抱在一起，我们一老，就不能原谅别人不理我们。

忙与苦，都能解决一切烦闷，一点也不恐怖。对老来的生活，是一剂清凉的良药。

工作可以退休，自修总可做到老。喜欢的事，加以研究，够你忙的。从种种问题中寻求答案，别的事就不必去烦它。能得到的亲情，当成横财，就此而已。

闲与乐，虽说要偷，要作。但那杯茶，那壶酒，终于是喝进自己的肚子。忙就忙吧，苦就苦吧！

享受之。

方块佳人

……

人的乐趣，除酒色财气之外，最重要的还有一件东西，叫读书。

香港人没有耐性看长篇大论的文章，专栏的小方块，变成一种独有的文化。

谈香港的专栏作家，太过广泛，不如集中在女的，更乐也。

明星级的，不能忘记在《新生晚报》写的十三妹，她的专栏名字跟着季节改变：《我爱夏日长》《一叶集》《冬日随想录》《迎福挥春集》等等。读她的文章像喝酸辣汤，许多读者都迷上她的爆炸性文字。

主要她还谈绘画、文学、音乐、电影，介绍许多外国的文化，启蒙了不少年轻写作人。有个愿望，是有一天能把她的作品集合出书，让不认识她的读者欣赏。

陆离的专栏不多，读《中国学生周报》时代对她认识的读者，都知道她有童稚的纯真。陆离的笔名有人说是来自“光怪陆离”。其实应是《楚辞》的“带长铗之陆离兮”。她爱电影、爱文学、爱漫画。有一段时期封笔，现在又喜见她在《快报》写的专栏。陆离的文字和十三妹的完全相反，从不带一点点的火药味，看得舒服无比。

怀念《粉红色的枕头》时期的林燕妮，她也很少骂人，有时对男性的愚蠢发发牢骚而已。另一个专栏《懒洋洋的下午》，读了真的会懒洋洋地进入绮梦。

亦舒用依莎贝笔名写专栏，面目很多：谈红楼梦、买名牌、骂男人、骂女人、骂演员、骂导演，最近有时出现比较温和的带小孩子的乐趣。

有个时期，她棱角尖锐，编辑先生吩咐属下不要得罪她。

燕妮写《粉红色的枕头》。她说她要写《紫颜色底裤》。

曾经沧海后，她的小品并未归于平淡，时有不饶人的佳句。

许多移民到外国的作者都失去了香港触觉，亦舒不同，无论她去了哪里，专栏还是那么好看。

亦舒家里有个遗传性的毛病，那就是有时控制不了感情爆发。一批评起人来口无遮拦。当然，她的对象只是亲友。但想不到有一天被另一个女专栏作家把她的电话录了音，到处放送给与内容有关的人听，引起一群女作家对她作“围剿”。不过这事也被淡忘了。大家都知道她是无心的，又从头和她做起朋友。

白韵琴的专栏虽然有很多人批评为“谁和谁吃饭”罢了。但是想在她的专栏里看到自己有没有出现的读者不少。她长年写作，从不断稿，写得好不好见仁见智，却是一个奇妙的存在。

另一个常喜欢骂人的是陈韵文，很少指名道姓。许多被弹的人都不知道她讲的是谁。她写得最好的是《定格》专栏。

她从来不交行货，写至最后一个字还要挤出更好的。当年没有传真机，她常乘的士过海去送稿。

陈韵文也有陆离一般的童真。不，不能说是童真吧，简直是小孩子恶作剧。她住加多利山的时候曾有个邻居叫许冠文，不知道在什么地方得罪了她，陈韵文三更半夜把他汽车的四条胎的气都放光了。米高，这么多年后，你知道谁是元凶了吧。

读李碧华的《白开水》已经多年了，她的特点是读者从来不会感到她的文字是陈腔滥调，这非常难得。

有个时期她跑到京都大学去钻研文学，现在多写内地的人物和小说，可读性极高。

阿吉林冰的专栏出现在娱乐版，她曾经告诉我她喜欢走险招。什么都写，骂到艺人牙痒痒又不敢不承认是事实时，是她最快乐的时候。

所以林冰的文章好看。

她不一定受人钱财替人消灾，有赞有弹，已达到了宣传上映片子的目的。

早年，曾经读她在迟宝伦编的旅游杂志上的文章，已知非池中之物。林冰是成功的，听说她的房子买了一栋又一栋。专栏作家中，应算是最有钱的其中之一吧。

很少看到那么多爱心的梁玳宁，不但不骂人，还整天收集秘方替读者医病。

梁玳宁有个好友是我中学的同学，患忧郁症，她找不出办法，和我商量之后，我说心病以心经医之，熟读心经，自得安乐，她好像没有公开过这个秘方。

蒋芸、孔昭、陈也、查小欣、柴娃娃、小不点、金虹、胡雪姬、胡雪莉、徐咏璇、张臻、谢雨凝、阿沌，还有一时记不起的女专栏作家，都是我喜欢读的。

喜欢的字句

……

为了准备二〇二〇年四月底在新马举办的三场行草书法展，我得多储蓄一些文字。发现写是容易，但要写些什么，又不重复之前的，最难了。

“岂能尽如人意，但求无愧于心。”等字句，老得掉牙，又是催命心灵鸡汤，是最令人讨厌，写起来破坏雅兴，又怎能有神来之笔？

记起辛弃疾有个句子，曰：“不恨古人吾不见，恨古人不见吾狂耳。”很有气派，由他写当然是佳句，别人的话，就有点自大狂了。

还是这句普通的好：“管他天下千万事，闲来怪笑两三声。”已记不得是谁说的，但很喜欢，又把“轻笑”改为“怪笑”，写完自己也偷偷地笑。

讲感情的还是较多人喜欢，就选了“只缘感君一回顾，使我思君朝与暮。”出自乐府《古相思曲》。原文是“君似明月我似雾，雾随月隐空留露。君善抚琴我善舞，曲终人离心若堵。只缘感君一回顾，使我思君朝与暮。魂随君去终不悔，绵绵相思为君苦。相思苦，凭谁诉，遥遥不知君何处。扶门切思君之嘱，登高望断天涯路。”太过冗长，又太悲惨，非我所喜。

写心态的，目前到我这个阶段，最爱臧克家的诗：“自沐朝晖意蓊茏，休凭白发便呼翁，狂来欲碎玻璃镜，还我青春火样红。”也再次写了。

也喜欢戴望舒的句子：“你问我的欢乐何在？窗头明月枕边书。”

“故乡随脚是，足到便为家”是黄霑说过，饶宗颐送他的一句话，影响了他的作品《忘尽心中情》，想起老友，也写了。

在中学时，友人送的一句“似此星辰非昨夜，为谁风露立中宵。”至今还是喜欢，是黄景仁书《绮怀》，原文太长，节录较佳。

人家对我的印象，总是和吃喝有关，饮食的字特别受欢迎，只有多写几幅，受韦应物影响的句子有：“我有一壶酒，足以慰风尘；尽倾江海里，赠饮天下人。”

吃喝的老祖宗有苏东坡，他说：“无竹令人俗，无肉令人瘦；不俗又不瘦，竹笋焖猪肉。”真是乱写，平仄也不去管它，照抄不误。

板桥更有：“夜半酣酒江月下，美人纤手炙鱼头。”

不知名的说：“仙丹妙药不如酒。”

有一句我也喜欢：“俺还能吃。”

另有：“红烧猪蹄真好吃。”

更有：“吃好喝好做个俗人，人生如此拿酒来！”

还有：“清晨焙饼煮茶，傍晚喝酒看花。”

最后：“俗得可爱，吃得痛快。”

说到禅诗，最普通的是：“菩提本无树，明镜亦非台，本来无一物，何处惹尘埃。”被写得太多，变成俗套。和尚句子，好的甚多，如：“岭上白云舒复卷，天边皓月去还来；低头却入茅檐下，不觉呵呵笑几回。”

牛仙客有：“步步穿篱入境幽，松高柏老几人游？花开花落非僧事，自有清风对碧流。”亦喜。

布袋和尚的：“手把青秧插满田，低头便见水中天；六根清净方为道，退步原来是向前。”

禅中境界甚高的有：“佛向性中作，莫向身外求。”都已与佛无关了。

近来最爱的句子是：“若世无佛，善事父母，便是事佛。”

我的文字多作短的，开心说话也只喜一两字，写的也同样。

在吉隆坡时听到前辈们的意见，说开展览会叫售价要接地气，可以小的，大家喜欢了都买得起，结果写了：“懒得管”“别紧张”“来抱抱”“不在乎”“使劲玩”。四字的有“俗气到底”“从不减肥”“白日梦梦”等等。

自己喜欢的还有：“仰天大笑出门去”“开怀大笑三万声”等等。

有时只改一二字，迂腐的字句活了起来，像板桥的“难得糊涂”，改成“时常糊涂”，飘逸得多。“不吃人间烟火”，改成“大吃人间烟火”也好。

佳句难寻，我在惯例每年开放微博一个月中，征求网友提供，好的我送字给他们，结果没有得到，刚好我的网店“蔡澜的花花世界”有批产品推出，顺便介绍了一下，便给一位网友大骂，说我已为五斗米折腰，其他网友为我打抱不平，我请大家息怒，自己哈哈大笑，改了一个字“喜为五斗米折腰”，成为今年最喜欢的句子。

玩时间专家

……

好玩的事物太多了。

抽象的东西也好玩，那就是玩时间。

时间只是人类的一个观念，虽然定为一天二十四个小时，但像爱因斯坦所说，上课以及和女朋友谈天，长短不同。

玩时间玩得最好的是香港人。

香港人每一个都忙，但是，要抽时间的话，香港人最拿手，不管多忙，总会挤点出来做自己要做的事。香港人决定自己不忙，就不忙了。

尤其有九七这个大前提，香港人的步伐已经是世界第一。从前在东京，觉得日本人走路快，后来去了纽约，发现他们更快。

但在日本经济已发展到停顿的地步，一富有便懒了起来，东京人走路慢过香港，纽约更别说，早在二十世纪七十年代，经济衰退，步伐已经蹒跚。

香港人有两个以上工作的不少，外国游客跳上车，听到司机说早上做警察，晚间当的士司机，吓得一跳，几乎不相信自己的耳朵，但事实如此。

外国人不明白的是我们大多数没有社会保险、医疗费以及退休金的制度，我们的税收虽然低，但一遇到任何事，都自行自决，谁都不会来帮助你。

所以香港人要争取时间，多做点事，多存些储蓄，以防万一。我们自己买自己的保险，自顾安危，包括赚了钱移民，先拿到张居留权再回来做事，也是一种保险。

香港的失业率一二个巴仙，那一二个巴仙，不是没事做，而是不想做罢了，这种社会现象我们不当它一回事，但是如果你讲给外边朋友听，他们一定惊奇。

就算不是争取时间来做第二份工作，也要争取时间来休息，来玩，来享受。

实际上如何玩时间呢？

很简单，睡得少一点就是。

大家都说我们需要八个小时的睡眠。放屁！这都是医学界的理论而已，我本人长年来每天最多睡六个钟头，也不见得长得像个痨病鬼。

每天赚两个小时，一个月就是六十个钟，等于多活了两天半，每年多人家三十天，多好！

除此之外，一个星期熬一两个通宵，也不应该有什么问题。当然熬通宵也有学问，六点放工，七点吃完饭，先睡到半夜十二点，也有足够的五小时，由十二点做自己喜欢的事，做到天亮，多六个钟。

这时候，看着窗外天色的变化，先是有点红色，红中带灰，又转为白。远山是紫颜色的，啊！为什么从前没有注意过有紫色的山？

清晨的空气是寒冷的，但是舒服到极点，意想不到的清新，呼唤着你出门。

穿上衣服去散步，到公园去练太极剑，或者，就这么拿一本书坐在树下看，都是乐趣。

话说回来，这种乐趣需要出来做事后才懂得享受，当学生时被迫一早起身上课，一点也不好玩。

到街市去买菜、走金鱼街看打架鱼、雀仔街买鸟，买活蟋蟀给鸟吃。太残忍了，买花去吧。

晨早的世界，是另外一个世界。

由寂静中听到车辆行动的声音，偶尔来些鸟啼，有时还听到公鸡在叫哩。

生活在晨早世界的又是另一种人类，他们面孔安详，余裕令到他们的表情无忧无虑，他们是健康的，活泼的。

相反地，深夜的世界又是另一个世界。大家是那么地颓废、靡靡，但又能看出享受过的满足感。

这两种人，都是过着单调、刻板，所谓“正常”生活的人感到陌生的。

早起，迟睡、赶通宵一多了，人就容易疲倦，这也是必然的，克服的办法是“猫睡”，像猫一样地随时随地打瞌睡。

只要你睡眠不足，便会锻炼出这种猫睡的身体功能。尽管利用时间睡觉，一上车就闭上眼睛，像把插苏①由电源里拔掉，昏昏大睡，目的地到达，即刻会自动地醒来，又像把插苏插回去，活生生地，眼也不肿。

中午吃完饭，也能坐在椅子上入睡，算好开工时间，有半小时就半小时，五分钟也不拘。

---

① 插苏，即插头。

会玩时间的人不懂得同情失眠的！失眠就失眠，不能睡就让他不睡。看你不睡个三四天，自然闭上眼睛。长期下来，学会猫睡也说不定。

不花时间在睡觉的人多数是健康的，他们已经把睡眠当成一种福分，一种享受，哪里还有精神去做噩梦？镇静剂、安眠药、大蒜、酒精等等，一点用处也没有。

宵夜是最大的敌人，尽量避免，否则多想熬夜也熬不住。一定要吃，就喝点汤吧。随时把汤料扔进一个慢热煲，准备一碗广东汤，享之不尽。

咖啡可免则免，咖啡只能产生胃酸，说到提神，茶最好，中茶、洋茶，香片、龙井，什么茶都不要紧，但上选还是普洱，再多也不伤胃。

早餐倒是重要的，懂得玩时间的人总能抽空为自己准备一顿丰富的早餐，再不然，找不同东西吃也是乐趣。今天吃粥，明朝吃面，叹点心，吃街边的猪肠粉、豆浆油条的店铺，用心找一定找得到，再来一笼小笼包，或再来碗油豆腐粉丝，总之，要吃得饱，吃得饱才有体力支持，晨早吃饱和宵夜相反，只会更精神不会打瞌睡。

玩时间玩成专家，可以做的事太多了，说不定其中有几样是生财之道。

花钱专家的梦

……

有些人说有钱不知怎么花，我听了大笑不已。花钱，我是专家。

“中了两亿元的六合彩，一年花光很容易。”朋友发表大论，“一下子花光就难。”

谁说的？给我两亿，我去买张毕加索，还不够呢。

钱不花就不算钱，这是老生常谈。阿妈是女人，谁又不知道呢？但偏偏有人不会花，赚来的蓄进银行，结果多一个零少一个零，都不知道。

如果我有一笔额外的收入，一定拿十个巴仙至五成来花。这才感觉到钱的价值。我还有不接受任何劝告的习惯。叫我别花我就花得更厉害，所以比率是十至五十个巴仙。但是我有自制力，是不会超过五成的。

年轻时的梦想：买个小岛，一个人住，设一电影院，把世界古今电影收集起来，要看什么就放什么。

“寂寞起来怎么办？”友人又问。

“寂寞起来，用私人飞机把朋友接过来，再用飞机送她们走呀！”

朋友又笑：“那么飞机师呢？”

“来了即刻走，不许停留在岛上。”我说。

近来这个想法有点改变，活到老学到老，我要自己学会怎么驾飞机。

“四人座的驾起来也不难。”友人承认。

谁说是四人座？要买的话，买架波音七四七。

“请的只是几个朋友，要那么大的来干什么?”友人问。

哼，哼！飞机当然愈大愈好了。那些所谓的富豪的小型喷射机有一个卧室就以为了不起，我要是有私人飞机，一定先建一个大厨房在中间。

我也不会忽视安全，弄个大排档式的明火炉子。依照规律，一切加热可矣。许多加热的食物比现煮的更好吃，像炖汤类和红烧类。

那么大的厨房，设有铁板烧总没有问题吧？买最好的神户三田牛肉，让友人围在铁板旁边进食，最多减少加“XO”白兰地燃火的过程。

大烤炉也是安全的，中间可以放只新疆羊进去，慢慢转，等到香味喷出才请大家去吃。

摆个寿司档更方便，这么多年的吃鱼生经验，已学会怎么捏饭团切鱼片，卷一条太卷也拿手。

坐飞机，友人也许没有胃口，那么烧咖喱是最受欢迎的，不然来碗蔡家炒饭，最多借助无火煮食器，当今发明的热量也够用。

接住在荷兰的丁雄泉先生来的时候，先飞到中东的食材店进货，买些香肠。那里有一种由鸡肠灌起，再灌鸭肠及鹅肠，一层层到羊肠和牛肠的食物。丁先生喜欢吃，我记得。何乐而不为呢?

“波音机上有没有卡拉OK?”有些朋友问。

那还不容易？的士高也有一间，卡拉OK算得了什么？不过我不会走进去，最讨厌人家唱卡拉OK了。

除了厨房，浴室也重要。先飞日本名古屋，吸大量的下吕温泉泉水，灌进机上的喷射泉中加热。灯光由池底打上。

没有文化气息也不行，机内设有一张大紫檀的画桌，请书法家、画家友人雅集，叫头上结了两个圆髻的四个丫环磨墨捧纸，才有情调。

飞机遇到不稳定气流，绑安全带是一件姿态不美的事。不如设一张大床，被单塞进在垫下，像韦小宝一样和几个女人大被同眠，也不会从中飞出。

还有，还有——

不实际！想得太多没有用。

包架飞机去内地玩倒是可行的。

从赤鱲角出发，先飞桂林，游山水，吃马肉米粉。住的都是当地最好的酒店。

再飞去看黄山。

到昆明之后可去的地方更多，丽江呀，大理呀，去普洱喝普洱茶，也很过瘾。

接着飞丝绸之路，最后到新疆的大草原去，再直飞返港。

一个星期到十天，可以走遍内地值得去的地方，广州、上海和北京倒可以免了。

和友人商量过，这个方案行得通。从今开始设计行程，预订旅馆和餐厅，希望在三个月内组织好这一个旅行团。国内的飞机新型的很多，有经验的机师也大把，安全第一，有顾虑的朋友大可不参加。到我们这个阶段的旅行者多数已享尽人生，没有什么挂碍的了。

亏本生意没人做，这一个旅行团当然有收入，不过薄利罢了。不管多少，要做花钱专家，先得学会赚钱。

谈写作

……

问：“你是什么时候开始写作的？”

答：“你我一样，都是在念小学的时候，老师教我们作文开始写的。”

问：“正经一点好不好？”

答：“我讲这句话，是有目的的。等一会儿再转回来谈。如果你是问我从什么时候赚稿费？那是在中学。我投稿到一家报馆，发表了。得到甜头之后陆续写，后来靠稿费带女同学上夜总会。”

问：“从那时候写到现在？”

答：“不。中间去外国留学就停了，后来为事业奔波，除了写信之外，没动过笔。四十岁时工作不如意，才开始写专栏。”

问：“是谁最先请你写的？”

答：“周石先生。那时候《东方日报》好像由他一个人负责，包括那版叫《龙门阵》的副刊。周石先生很会发掘新作者，他常请人吃饭，私人聊天，听到对方在饭局上说故事说得精彩，就鼓励他们写东西，我是其中一个。”

问：“后来你也在《明报》的副刊写过？”

答：“是，我有一个栏，叫《草草不工》，用到现在。”

问：“《草草不工》不像一般专栏的栏名，为什么叫草草不工？”

答："草草不工，不工整呀！带谦虚的意思。当年向冯康侯老师学书法和篆刻，他写了一个印稿给我学刻，就是草草不工这四个字，我很喜欢。这方印，在报纸上也用上。"

问："那时候的《明报》副刊人才济济，很不容易挤得进去，是怎么让你在那里发表的？"

答："在《龙门阵》写，有点成绩，才够胆请倪匡兄推荐给金庸先生。当年金庸先生很重视这一版副刊，作者都要他亲自挑选，结果他观察了我一轮文章之后，才点头。后来做过读者调查，老总潘粤生先生亲自透露，说看我东西的人最多，算是对金庸先生有个交代。"

问："怎么写，才可以写得突出？"

答："要和别人有点不同。当时的专栏，作者多数讲些身边琐碎杂文，我就专门讲故事，或者描写人物，或者谈谈旅游。每天一篇，都有完整的结构。几位写得久的作者说我写得还好。问题在于耐不耐久，他们没想到我刚开始就有恃而来的。"

问："这句话怎么说？"

答："停了写作那几十年之中，我不断地与家父通信，大小事都告诉他，至少一星期一两封。我也一直写信给住在新加坡的一位长辈兼老朋友曾希邦先生。写了专栏，我请他们两位把我从前写过的信寄下来，整箱整箱地寄，等于是翻日记，重看一次，题材就取之不尽了。"

问："你的文章中，最后一句时常令读者出乎意外，这是刻意安排的吗？"

答："刻意的。我年轻时很喜欢看欧·亨利的文章，多多少少受他的影响。爱上他写作技巧终局的“Twist”[①]。周石先生说那是一颗‘棺材钉’，钉上之后文章就结束。”

问：“怎么来那么多棺材钉？”

答：“一篇文章的结构，跳不出起、承、转、合这四个步骤，但是不一定要依这个次序去写，把‘转’放在最后，不就变成棺材钉了吗？”

问：“要经过什么基本训练的吗？”

答：“基本功很重要。画画要做素描的基本功，写字要做临帖的基本功。”

问：“什么是写作的基本功？”

答：“看书。像干电影的人，不看电影怎行？写作人基本上是一个勤于读书的人。需要从小就爱看书，从小不爱文学，最好去做会计师。”

问：“你是看什么书开始的？”

答：“小时看连环图，大一点看经典，像《三国演义》《水浒传》《西游记》《红楼梦》等，都非看不可，中学时代是做人一生之中最能吸收书本的时候，什么书都生吞活剥，只有在这年代你才有耐性把长篇的《约翰·克利斯朵夫》《战争与和平》《基督山伯爵》等看完。像一个发育中的小孩，怎么吃都吃不饱。经过那段时期，就很难接触到那么厚的书了，当然，除了金庸先生的武侠小说。”

问：“我也经过那段时期，我也想当一个专栏作家，你认为有

---

① Twist，表示转折的写作手法。

可能吗?”

答:“啊,现在可以回到刚才所说的,做学生时你我都写过作文。我认为会走路的人就会跳舞,会举笔的人就会写文章。你想当作家?当然可能。不过跳舞的话,跳步总得学,写作也要练习。光讲,是没有用的;你想当作家,就先要拼命写、写、写。发表不发表,是写后的事。为了发表而写,层次总是低一点。不写也得看,每天喊着很忙很忙,看来看去只是报纸或杂志,视线都狭小了。眼高手低不要紧,至少好过连眼都不高。半桶水也不要紧,好过没有水。当今读者对写作人的要求不高,半桶水也能生存,我就是一个例子。”

问:“你为什么不用粤语写作?”

答:“我也想尝试,但是我的广东话不灵光。香港有许多用粤语写作的文人,因为他们是以粤语思考。我写东西,脑子里面讲的是华语,所以只懂得用这方法写作,而且,我觉得华语能够接触到某一种方言以外的读者。写东西的人,内心都希望多一点人能够看到。”

问:“所以人家说你的文字简洁,就是这个道理?”

答:“只答中一半。我选用的文字,尽量简单,像你我在聊天,我没有理由用太多繁复的字眼。当今的华文水平愈来愈低落,有些人还说金庸先生的作品是古文呢。(笑)文字简单也是想多一点人看得懂。至于说到那个“洁”字,是受了明朝小品的影响,那一代的作家,短短的几百个字就能写出人一生的故事。我很喜欢。但对于赚稿费,一点帮助也没有。(笑)”

问:“你的文章看了好像随手拈来,是不是写得很快?”

答:“一点也不快。一篇七百字的东西要花一两个钟头。写完重看一遍，改。放了一个晚上，第二天再看，再改，这是我父亲教我的写作习惯。至于题材，则时时刻刻地思考，想到一个，就储起来，做梦也在想，现在和你谈天，也在想。”

问：“你一共出了多少本书？”

答：“已经不去算了，反正天天写，七百字的短文一年可以集成三本左右，一星期两千字的，一年集成两本。写餐厅批评八百字的，一年也是两本。”

问：“都是发表过的文章？没有为了出版一本书而写的吗？”

答：“先在报纸和周刊上赚了一笔稿费再说，中文书的销路实在有限，单单出书得不到平衡。”

问：“为什么你讲来讲去，都讲到钱？”

答：“为理想而不顾钱的阶段，在我人生也有过，但是不多。不过钱多一个零少一个零对日常生活也没什么改变，钱只是一种别人对自己的肯定，我是俗人，我需要这份肯定。”

问：“要是在美国或日本的话，你的版税一定不得了。”

答：“我从前在电影公司做事，一位上司也向我这么说。我回答说当然不得了，但是如果我生活在泰国，谁会找你出中文书？要是我在柬埔寨写作，早就被送到杀戮战场。做人，始终是比上不足，比下有余，知足常乐。”

问：“听说你的稿费很贵？到底有多少？”

答：“唉，年老神衰，写不了那么多，对付那些前来邀请的新办杂志编辑，我只有吹牛说人家付我每年一百万港币，你给得起的话，再说吧！”

问：“你的稿费就算再高，研究纯文学的那班人从来看你不起，他们一向提都不提你。”

答："（嬉皮笑脸）不要紧。"

问："你有没有想过你的文章能不能留世？"

答："倪匡兄也遇到一位所谓纯文学，或者叫严肃文学的作者。她说：'倪匡，你的书不能留世，我的书能够留世。'倪匡听了笑嘻嘻地说：'是的，我的书不能留世，你的书能够留世。你留给你儿子，你儿子留给你孙子，就此而已。'倪匡兄又说：'严肃文学，就是没有人看的文学。'"

问："哈哈。他真绝。"

答："能不能留世，根本就不重要，最重要的是保持一份真，有了这份真，就能接触到读者的心灵。倪匡兄说过我就是靠这份真吃饭，吃得很多年。"

问："你难道一点使命感也没有吗？"

答："有了使命感，文字一定很沉重，和我的个性格格不入。"

问："你的文章中有很多游戏，又有很多歪曲事实的理论，不怕教坏青少年吗？"

答："哈，要是靠我一两篇乱写的东西就能影响青少年，那么教育制度就完全崩溃，每天花那么多小时读的书，都教不到他们的判断力，多失败！"

问："你写的多数是小品文，为什么不尝试小说？"

答："我也写过一本叫《追踪十三妹》的小说呀！"

问："我看过，还没写完。"

答："我会继续写的，都是用第一人称，新书只说一个新人物，也认识十三妹这位六十年代的专栏作家。写多几本，也是把每一个人物都串连起来，我这一生，只会写这一辑小说。"

问："什么时候才写？"

答:“等我停下来。”

问:“你停得下来吗?”

答:“(呆了一阵子)大概停不下来吧。”

问:“对于写作,你可以作一个结论吗?”

答:“记得十多年前有本杂志,叫什么读书人的,请了金庸先生亲笔写几个字,他老人家录了钱昌照老先生的《论文》诗,诗曰:

文章留待别人看,
晦涩冗长读亦难;
简要清通四字诀,
先求平易后波澜。”

一切烦恼,总会过去……

问:“看你整天笑嘻嘻的,你到底有没有烦恼?”

答:“哈哈哈哈。”(干笑四声)

问:“那怎么没看到你写关于你的烦恼的文章?”

答:“我想我基本上是一个很喜欢娱乐别人的人,干了半辈子的电影,多少也是一种娱乐事业。喜欢娱乐别人的人,怎会把自己的烦恼告诉人家?”

问:“哭也是一种娱乐呀!”

答:“你去做好了。”

问:“我们年轻人怎么克服烦恼呢?”

答：“没得克服，只有与它共存。”

问：“怎么共存？”

答：“一切烦恼，总会过的。我们小时候烦恼会不会被家长责骂。大了一点，担心老师追功课。思春期为失恋痛苦。出来做事怕被炒鱿鱼。但是，这一切都不是已经过了吗？一过，就觉得当时的烦恼很愚蠢，很可笑。我们活在一个刷卡的年代，为什么不预支快乐？既然知道一过就好笑，不如先笑个饱算数。”

问：“这不是阿Q精神吗？”

答：“什么叫阿Q精神，你还弄不懂，你想说的是逃避心理吧？逃避有什么不好？逃避如果可以解决困扰，尽管逃避，有些事，避它一避，过后它们自动解决。”

问：“说是容易，做起来难呀！”

答：“这我知道，但是说比不说好，想比不想好。”

问：“你难道没痛苦过吗？”

答：“痛苦分两种，精神上的和肉体上的。精神上的痛苦是想出来的。不想，痛苦就没了。肉体上的痛苦才是真正的痛苦。人家砍你一刀，你一定会痛苦。女朋友走了，你认为还有新的，就不痛苦。肉体上的痛苦？好解决呀！拼命吞必理痛（Panadol）就是。”

问：“什么情形下才产生烦恼？”

答：“个人看得开的话，烦恼不出在自己身上，是出在你周围的人身上。喜欢的人，在不知不觉之中，完全变成另一个人，而你自己又改变不了对方的想法，烦恼就产生了。”

问：“我们年轻人怎么解决？”

答：“没得解决。一、就是离开这个人。二、就是强忍。都是看你爱对方爱得有多深。其实，也都是自己想出来的。因为你两者都想要，或者两者都做不了。烦恼就来了。”

问：“宗教信仰能不能帮你解决？”

答：“那才是叫作逃避。”

问：“我们年轻人，分不开，也不懂。”

答：“你别整天把‘我们年轻人’挂在口中，我们也年轻过。年轻时分不出什么是烦恼，什么是一定要活下去。年轻人享受体验烦恼的感觉，就像辛弃疾所说：‘为赋新词强说愁。’大家都有过这个阶段，醒悟得早，醒悟得慢，要看一个人的悟性了。”

问：“活下去是那么重要吗？”

答：“有时，是一种无奈。”

问：“多愁善感，美不美？”

答：“不美，什么事都想到负面上去，这种人要避开。林黛玉也许很吸引年轻人，但这种女人闷死人，整天哀哀怨怨，烦都烦死了。”

问：“那是天生的呀？”

答：“我也承认这一点，所以愈来愈相信宿命论，遗传基因决定一切。物以类聚，让他们相处在一起，互相享受好了。我们不同的人，要避开。”

问：“避不了呢？”

答：“又要回到爱得有多深、忍与不忍的问题了。”

问：“（懊恼）说来说去，还不是没说得好。”

答：“有一种办法，叫作自得其乐。”

问：“怎么自得其乐？”

答：“做学问呀！”

问：“普通人怎么要求他们去做学问？”

答："我所谓的学问，并不深。种花、养鸟、饲金鱼。简简单单的乐趣，都是学问。看你研究得深不深，热诚有多少，做到忘我的程度，一切烦恼就消失了。你已经躲进自己的世界，别人干扰不了你。"

问："做买卖算不算是学问？"

答："学问可大着呢。研究名种马的出生也是学问。"

问："我什么都不会，也没有兴趣，怎么办？"

答："看漫画有兴趣吧？"

问："有。"

答："什么漫画都看好了。中国的连环图，日本的格斗漫画，英国式的幽默。等你看遍了，就是漫画专家，别说没有烦恼，还可以靠它赚钱呢。"

问："我明白了，所以你又拍电影，又写作，又学书法和篆刻，又卖茶，又开餐厅，你的烦恼，一定很多。"

答："……"

第六章

人生路上的相遇与重逢

想走就走，放下一切，世界不会因为没有了你而不运转的，说走就走，你没胆，我借给你。

酒友

……

的士上的一位司机，大概认同我是酒友，滔滔不绝讲他喝酒的经验。

“我最爱喝的，只是啤酒。”他说。

“什么牌子？”

“蓝妹。德国进口，虽然贵一点，也值得，比生力好，但要喝瓶装。生力在超市买，十一块多吧，蓝妹就不止了，要贵出七八块。”

“蓝妹不是德国造，在深圳酿的，而且是韩国的OB啤酒制造。”

“真的有这一回事儿？我一喝十多瓶，身体状况不好的时候，也要三四瓶，下次改回喝生力好了，可省下一大笔。”

“试试泰国的星哈，不错的。”我建议。

“对了，蔡先生，你喝啤酒的时候，送的是山珍野味吧？”

我摇头：“有块煎马友咸鱼，已经是福气。腐乳上面撒点糖，也不错。”

“我也喜欢，我最不爱吃薯仔片。”

“花生呢？”

“牙齿不行了，从前爱吃的。”

“吃卤花生好了，潮州打冷[1]店有得卖，还有带壳的煮花生也很软呀！”

“带壳的从前到处看到，现在不知道哪里去找了，好的东西都消失。”

“没东西送的话，用冬菜往滚水中一泡，也是好菜，最后连水也当汤喝，很美味。”

“是是。蔡先生，你看我多少岁？”

“五十出头吧？”

“六十岁了。”

“会喝酒的人，都不老。”我说。

司机大感满意，不收过隧道费。我坚持，双方相让，有如置身君子国，其乐融融。

按摩师

……

第一次接触按摩，是我从新加坡到吉隆坡旅行的时候，当年我只有十三岁。

一个比我年纪大不了四五岁的女孩子，面貌端正，问道：“要干的，还是要湿的？”

---

① 打冷源自潮州方言，潮州打冷指潮州大排档经营的大众化冷盘熟食。

“?”

“干的是用婴儿爽身粉，湿的用四七一一[1]。”她说。

这种来自科隆的最原始最正宗的古龙水，有一股很清香的味道，我很喜欢。当然要湿的。

她从手袋中取出一樽100毫升的玻璃瓶，双手抹上，开始从我的额头按起。接触刺激到全身神经末端，是我从没有体验过的，非常之舒服。后来按至颈部、肩上、手脚，酸酸麻麻，整体血液打了好几个转。

从此，染上按摩癖。

十六岁来到香港，友人带我去尖沙咀宝勒巷的“温泉浴室”，才知道上海澡堂子的按摩是怎么一回事儿。全男班的师傅，替我擦完背，躺在狭床上，就那么噼噼啪啪敲打起来，节奏和音响像在打锣鼓，咚咚撑、咚咚撑、咚撑。又按又捏，做后一身轻松，真是深深上了瘾。

去到日本，在温泉旅馆试了他们的按摩，叫作指压，敲拍的动作不多，穴位的按压为主。最初颈项受不了力，事后经常疼痛数小时。后来遇到的技师也都很平庸。民生质素提高了，不太有人肯做这件工作，后继无人之故，所以去泡温泉，也很少呼指压前来了，很歧视他们的手艺。

开始我的流浪生活后，到处都找按摩，韩国人并不太注重此种技巧，在土耳其浴室中按几下，用的也是日本的指压方式，但在理发铺洗头时的头部按摩，却是第一流，慢慢从眼睛按起，用小指捏着

---

① 四七一一，一种德国古龙水。

眼皮，揉了又揉，再插进耳朵，旋转又旋转，正宗享受，何处觅?

台湾也住过一阵子，来的多是座头市式的盲侠，其技术介乎上海按摩和日本指压之间，遇到的对手并不高明，是我运气不好吧。

印度按摩用油居多，一身难闻的味道，但是技师以瑜伽方法，一个穴位按上二十分钟，也能令人昏昏欲睡。

最著名的应该是土耳其按摩了，浴室的顶部开了几个洞让蒸汽透出，阳光射入，照成几道耶稣光，肥胖赤裸的大汉前来，左打右捏，只搓不按，把你当成泥团搓，也是毕生难忘的。

另一出名的是芬兰浴[①]了，从郊外的三温暖室中走出，跳入结冰的湖中洞里，有心脏病的话绝对激死，但那时年轻，受得了，爬出来后身体的热气喷出，与外边的冷冻相撞，结了一团雾，整个人像被云朵包住，这时自己用一把桂叶敲打全身，后来一个身材高大的女人替你按摩，体验是可贵的，但毫无纤细可言。

还有很多地方的按摩，也都试过。一生之中，遇到最好的，没有几个。

在蛇口的“南海酒店”中的孔师博，是穴道学会的主席，方位奇准，按完还教你几招自习，可以推荐你去。

到云南大理旅行时，在一家台湾人开的旅馆中遇到一位三十岁左右的失聪女士，也是奇才，不知道承袭了哪一派的功夫，按完整个人脱胎换骨，可惜没记下她的名字。

汕头“金海湾酒店”中，脚部按摩技师有个很特别的姓，不会忘记，姓帅。是一位天生的技师，至今我被做过的脚部按摩，

---

① 芬兰浴，即桑拿浴。

算她最好。

谈回指压，数十年前邵逸夫先生从东京东银座的艺妓区请了一位长驻香港，帮他按摩。当年事忙，也很少叫她。这位小姐来了差不多两年，一遇到有什么困难都来找我解决，因为我们会用共同语言，她一直说要给我按，我没答应。原则是别人请来的，我不可私下占便宜，最后她临上飞机那晚上，哭泣要求不让她做一次，她绝对不安心回家，只好顺了她的意思。指头按下，由轻至重，连带着震荡，绝对不会令肌肉酸痛。内功发出，一股暖气流入双腿内侧，使到整个人欲死欲仙。从此，再也不敢看轻日本指压了。

另一位功夫绝顶的女人是在印度尼西亚遇到的，当年我颈部生了一粒粉瘤，准备去法国医院开刀取出，吩咐她不要碰到那个部位，她从我的手脚按起，技巧和中国、日本、欧洲、印度和中东的都不一样，招数变化无穷无尽，没有一道是重复的，令人折服。

“听说有一个穴道，一按就会睡觉，是不是真的?”我用印度尼西亚话问她，她微笑点头，双指从我的眉心按去。

一醒来，她人已不在了，我去浴室冲凉时，发觉那粒粉瘤也让她给按走，消失得无影无踪，但一点也不痛，省掉好多住院和手术的费用。

如果你问我最喜欢哪一种按摩?我一定回答是泰式的。若不是去色情场所，所有的泰式古法按摩，都有水平。按摩等于是别人为你做运动，泰式的最能证明，按摩师抱着你，两人合一，用她身体全副劲力为你做，是天下最好的按摩。

要找最好的技师有一个秘诀，那就是先付丰富的小费。对于小费，倪匡兄有一点见解，他说:“小费当然是先给，后给不如不给，笨蛋才后给。”

擦背师傅

……

从前的上海澡堂子，在香港已无处觅。代之的，色情浴室居多，无甚享受可言。

很怀念去油麻地长乐街的长乐浴室那段日子，那种优雅再也难于重现。数年前为止，还有些老师傅在这一间那一间的三温暖生存。目前死的死，退休的退休，我已经很久没有找人替我擦过背，身上老泥不知多厚。直到日前去了尖东的乐满涛桑拿，遇见了李耀良。

李师傅肥肥胖胖，样子长得年轻，但也四十一岁了。他的老师不做了，由他顶上。见到新面孔，就让他试试。

哇，试一试，试上瘾来了。李耀良的手艺，绝对不逊于我从前遇到的师傅们，是大师级人物。

回到家里，我翻开十多年前在《蔡澜随笔》那本书中写的一篇《上海澡堂子》，重看一遍，和这一次的新经验，交错对比，一乐也。

从前的擦背，客人躺在浴池边的大理石上，又冷又硬；当今的是用一张专用的床，像按摩室中那种，海绵垫以塑料皮包着。防水、柔软舒服。

仰天睡在床上，李师傅用两条大毛巾替我盖上，以免着凉。床的旁边有个大木桶，三分之二个人那么高，冷热水喉喷出大量的水将之充满，流出。

这时李师傅由桶中拨出一大桶一大桶的热水，向身体冲来，毫不吝啬，一冲至少十桶。这种享受，在家中的浴室绝对做不到。

“冲水也要讲究。”李师傅说，“看客人对热水温度的反应，怕烫的少淋几桶，觉得适合的多冲一些。”

用毛巾在手上一包，包成刀形，再掀开上半身的毛巾，由颈项大力擦下，一条条橡皮筋般粗的老泥就出现了。这是你感觉到的，因为李师傅用另外一条毛巾盖着你的眼睛，以防水滴溅入。从前的擦背师傅不同，他们把老泥搓出后，总喜欢推到你的眼前，让你看到他们的成绩。

擦完上身，毛巾拉上盖着，再炮制腿部，连脚趾缝也揩个干干净净，感觉又痒又舒服。

“擦一次背，要用两条新的毛巾。”李师傅解释，“擦了脚，就得丢掉。擦背时再换一条没用过的，现在的消费，毛巾最不值钱，不能省，像从前的用过再用，客人就嫌脏了。”

又是一大桶一大桶的水冲身之后，就是用海绵涂了皂液洗刷，再用一块瓜瓤摩擦皮肤，更淋一次水。

“熟客用过一次，海绵和瓜瓤都存起来，以后就是他专用了。”李师傅说。

洗擦到敏感地带，为了避嫌，轻轻带过。这和从前的技巧不同，旧时师傅才不管三七二十一，左手两指捏起你的小弟弟，右手包着毛巾由上大力搓下，刮刮两次，痛得眼泪掉下之余，同时也感到一干二净。

抹完肥皂再冲水，就可以翻身擦背，那张床有个洞让你不会压到鼻子，洞的周围又铺上三条小毛巾，背上再来两条大毛巾盖住。

冲了水，用新毛巾包着布刀再擦，老泥又是滚滚而来，从前我隔天泡澡堂子，师傅还是会搓出泥团，我怀疑是表皮死去的细胞。

脚部用另一个塑料枕头垫高，擦起来就不会顶住脚趾。

“你是什么地方人？”我问李师傅。

“广东人。”他说，“向扬州老师学的。从头做起，由跑堂、捏脚、修脚、按摩做到擦背，要样样精通，才算合格。”

水冲完再冲。又来另一次的敲打，依照上海澡堂子的传统，带着敲锣鼓的节奏：咚咚撑、咚咚撑；咚撑、咚撑；咚咚、撑撑；撑！

“扬州人叫它做棉花拳。”李师傅想起学师时的术语。

“棉花拳？”我问。

“敲下去后会弹起的，才有资格叫棉花拳。”他说，“擦背师傅身形也不可以太瘦，太瘦了手背的肉不够厚，敲起来客人就嫌弃了。”

怪不得都是大汉，从前的赤条条，当今已穿上T恤和短裤。旧浴室没有冷暖气，夏天还可以在私人房冲。那是一间有浴缸的小房间，要用一块木板架住，擦起背来才方便，但分分钟像会跌进浴缸中。冬天怕小房间太冷，就要在大池的池边进行。目前的这张床，据李师傅说，是定做来为客人服务的。

“随着时代改进，”李师傅有感，“我们这一行，还是可以生存下去的。”

说得一点也不错。整天叹息生活没有从前好，日子难过。我一直不相信一代不如一代，也不是青出于蓝的信徒。每一个时空都不同，才有趣。

擦完背后李师傅为我连头也洗了，一共冲了三次水，再把隔壁的花洒温度调好，让我自行再洗他没有擦过的部位，整个过程才算大功告成。

住在阿姆斯特丹的丁雄泉先生，在纽约的好友张文艺，来了香港最大乐趣除了吃，就是泡澡堂子了。身在国外，不可能有此享受。香港人真幸福。

摇橹人

……

多年前在京都举行亚洲影展，记得和中国香港、韩国及日本的一大堆女明星一起乘着小艇，由保津川上游龟冈直落岚山。急流有弯无险，水花溅得那群女子的妆剥落，大众大笑三声，一乐也。当今是红叶季节，再来京都，泛舟重温故梦。

去保津川有几条路线，从东京搭子弹头火车，二个半小时抵达京都，坐巴士的话则需五十分钟才能去到上游，的士则只要二十五分钟。看得最多风景的是开篷火车，又便宜又舒服。翻山越岭，乘客们都向乘船的游客招手，等到你自己坐上船，又向火车里的人挥手。

当年的木船，换成玻璃纤维制造。半透明的物质，可见船底岩石，但已少了一点古风。船的形状大小还是一样，每艘可乘三十人左右。要豪华，可把整艘包下。

全程需时一个半钟。船只全年运行，春天赏樱，夏日杜鹃啼放，冬天看雪景，但还是秋天的红叶最为迷人。

船由三人操纵，前面由一位年轻人负责，举着长竹竿插入河底推之，从船头走到船中央，再折回，动作重复又重复，颇为吃力。最辛苦的是船中间的老年人，满脸岁月皱纹，不停地摇橹。橹与船缘摩擦。发出咿呀咿呀的声音，擦得快要冒烟时，舀水泼之。又把手浸湿，原来也因摩擦发热烫手。看着这位长者庄严的面孔，以为他是三个人之中权力最高者。转头一看，船尾掌舵的另一位老人家，站着一动也不动，更是威风。

千年来都是用这种交通工具。插竿的小子看到河流中的岩石迎面而来，举竹竿推开以免碰撞。岩石表面已有凹入洞孔，是长年累积下的痕迹。

出发时下着微雨，摇橹的长者将坏天气变成自己的责任，向我们道歉："收您老那么贵的船费，但还是没让您老得到阳光。"

"雨天也有雨天的乐趣。"我说。

长者点头赞成。咳了两声，身体虽强壮，显然支气管作祟，是吸烟的恶果。

拿出香烟来孝敬他，近年来各处已禁烟，顺带问他："船上能抽烟吗?"

"这么新鲜的空气，抽起烟来，味道特别好。"长者点头，一试，长者的话果然没有说错。

来到急流处，长者收橹，可以休息几秒钟。船直冲而下，水花四溅，少女们尖叫，说比乘过山车刺激。

长者面向我们，背着前面摇橹，收放自如。少女们看得好奇，长者笑着说："划了几十年，眼睛放在脑后。"

又一次更大的急流，船在岩石中间"嘎"一声穿过，左右距离不到一公分，船底"砰砰"地撞到石头，更是惊险。少女们又尖叫起来。

河流清澈见底，看见水中的鱼群，长脚的鹭鸶企立，完全没有动作，像只假鸟。忽然间把头插入河中，抬起来时喙上已有一尾大鱼。

半个钟已过，是交替的时间，年轻人换去掌舵，可以休息了，由船尾的老人来插竿，摇橹的长者继续划船，最为辛苦。“你贵庚?”我问道。

“六十五了。”

“还有年龄比您更大的船夫吗?”

“政府规定七十五岁就要退休，我还可以划多十年。”他回答。见少女们的目光像是在说：还要挨多十年！长者笑道：“还能有力气，是福。”

“收入是不是你们三人分?”我又问。

长者摇头：“所有船夫合伙。”

心算一下，每人收三千九百日元，三十人走一趟就合港币九千块，真是不错。长者说：“现在好了，从前那几十年划得半死，也不过够吃三餐。”

一棵棵的枫树出现在眼前，美得如诗如画。

太阳出来，反射在红叶水滴上面，颜色更显层次。日本枫叶幼细，没有加拿大的巨大，密密麻麻地一叶积一叶，一枝覆一枝，一类又叠一类，染红了山。

长者向我说：“您要能欣赏雨景，这是天公带来的报答。请转过脸去看看。”

哇，连绵不绝的群山，都是红色，两岸似乎听到猿啼，看得令人如痴如醉。

这时有数艘餐厅小艇前来，像从前铜锣湾避风塘一样，用个铁钩挂住我们的船，开始卖东西。少女们见到烤鱿鱼狂喜，争着手撕来大嚼，青春气息逼人。

要了烫热的清酒数瓶，猛灌之下，即使到岸，也像永远乘着轻舟。

轮到长者去掌舵，一脸的风霜，但一直保持着笑容，这时才知道他是真正的老大。“每天划船，同样的工作，一做几十年，不单调吗?”我问。

老者摇摇头:“不单调，每天遇到的客人，都是不同的面孔，谈几句，多有趣!”

给老友的圣诞卡

……

“什么?你还写圣诞卡?传一个电邮不就行吗?怎么那么过时迂腐?”年轻人说。

一些传统，是非常优雅的，绝对不过时，亲自写圣诞卡是其中之一，你们不屑，我却一定要传承。每年到这个时候，我必然一张张写，一张张寄出。

这个习惯是受到邵逸夫先生的影响，每年他一定用那颤颤抖抖的笔画寄给他认识的人。有次帮他整理，看到他寄出后收回来的贺卡，来自卓别林，来自伊丽莎白·泰勒，来自格蕾丝·凯利……

我的对象没那么出名，只是些有过感情的友人，有些甚至没有见过面，像一位叫拉云尔的医生，居住于里昂。他是我年轻时法国女友的监护人，女友到处流浪，我问要怎么找她时，她把拉云尔医生的地址写了给我，说寄到他那里，一定交得到她手中。

从此，每年到了这个季节，当我想起了她，就寄一张圣诞卡到拉云尔医生那里。礼貌上，我也顺便写一张给拉云尔问候一声。

那么多年来，从无间断，直到，有一天，接到拉云尔医生来信，说女友因癌症过世。翌年当然不寄了，但拉云尔医生那里，还继续着。

买的圣诞卡，即使多贵，也没什么感情，当然史努比的是例外。我的圣诞卡，之前也是买的，在三十年前开始，就把苏美璐替我画的插图之中选了一幅，拿去印刷厂大量复制，有些是美女们围着我浸温泉的，有的是和倪匡兄一起吹喇叭喝酒的，有的是躺在雪上的，每年都不同。

秘书已准备了一份地址，我从欧洲地区寄起，因为他们那边的邮政不稳定，而且常闹罢工，非早寄不可。接下来的是美国、澳大利亚，再来是亚洲了，日本韩国先寄，把澳门地区、香港地区留在最后。

日本人并不流行寄圣诞卡，但他们甚注重阳历新年，在空白的卡内，我填上“贺正”二字，代替了圣诞快乐。因为苏美璐的画精彩，日本友人都喜欢，经常光顾的北海道札幌的艺妓屋“川甚”的老板娘收到了，就把它和旧的一连串挂在墙上，年底去了就看得到。

一面写一面想起和这群老友的往事，在空白的页上总题几个字，问他们记不记得在大雪之中那顿丰富的晚餐，或者一些在圣诞时的趣事，像有一年，主人把名贵的酒一瓶，埋在雪中，要客人去寻找，找到了就当礼物等等，都是毕生难忘的事。

在日本留学时，认识了一位好友叫加藤，每年收到他在圣诞节的回信，并不是一张卡，而是以宣纸毛笔画的一幅符，祝福我这个老友。

一年复一年，走的老友也渐多，只有硬下心来，用红笔从清单中划掉，这个地址从此，和躯体一样，消失了。

花开花落，每一年，都有新的名字增加在名单上面，有的还是老友的儿女，他们记着了父母和我的圣诞卡交往，认为是一件当今已非常难得的事，也开始写圣诞卡了。

今年看了名单，有一件特别难过的，是长居巴黎的日本女友久美子，也要删掉了。不，不，她人是健在，只是被女儿们送进了养老院。我最初听到了很气愤，母亲辛辛苦苦养大了你们一生，何必如此忍心。

经过巴黎时特地去到郊外的养老院拜访，看到的是一座很有规模的建筑，地方干净，管理得很好，不像是一个等死的地方。

献上鲜花后久美子望着我，一直微笑，但她认不出我是谁了。她的圣诞卡，今年不必寄了。

移民到美国的韩国导演郑昌和，每年也寄圣诞卡，前几年开始没有回音，不知近况如何。算岁数，也该有七老八老，如果看到了，也会满脸皱纹吧？对方要是看到我本人，满头白发，腰也开始弯了起来，也会感慨万千吧？

有时不见也好，薄薄的一张圣诞卡，之前交往的印象，还一直留存在大家年轻时。

重逢刘以鬯先生

……

家父爱读书，闲时吟诗作对，跟了邵仁枚、邵逸夫两兄弟到南洋找生计，还是不忘文艺，在当地结交的也多数是中文底子极深的好友。

其中一位叫许统道，收藏之书籍更是惊人。知道当年作家们生活贫困，还不断地寄钱寄药。其他朋友，虽然多是商人，谈起诗词来也眉飞色舞。

这群人聚集，偶尔也做通俗的事：打打小麻将，来打发没有四季的日子。今天来了一位贵客，也来玩几手，那就是在文坛鼎鼎大名的刘以鬯先生。

受家父影响，我也从小爱书。报纸当然每天要读，最喜爱的是副刊，而看到了就如获至宝的是刘以鬯先生的短篇小说，对这位作家崇拜得不得了。

刘先生坐在麻将桌之前我想上前去和他握握手，但有个人一下子把我推开，抬头一看，是一个叫姚紫的，他也是家中常客，写过一两本小说，但是与我心目中的小说家形象完全不同，这个姚紫一点也不紫，是发黑，脸黑手黑，胡子和臂毛，都长满了。两颗西瓜刨般的门牙，中间那条缝把它们分得极开。

“刘先生，您好，您好。”姚紫兴奋地叫了出来。

刘以鬯先生也叫了出来：“别那么大力！”

"?"姚紫愕了一愕。

刘先生继续语气不愠不火:"我是靠手维生的,你那么大力握,握断了骨头,可要向你算账。"

这时大家都笑了出来,我更加佩服刘先生了。

看他打牌也是一件乐事,打到中途,报馆来电话,找到我家里,他接听之后就叫我这个小弟弟替他搬来一张小桌子,拿出稿纸,等人发牌时就把它当成缝纫机,不断地织出文字来。

长大后,就一直没再见过刘先生了,他的书,像《酒徒》《寺内》《对倒》等等,一本看了又看,如痴如醉。

后来,我自己也卖文字,都是一些游戏之作,精神上极受刘先生影响,读刘先生的短篇,很像欧·亨利,时有预想不到的结局。

从此也学习了这个写作的传统,要到最后一句才说出主题,我的读者们也喜欢,常问我说英文有"Punch Line"这个字眼,中文呢?我半开玩笑地说:"叫棺材钉好了。"

刘先生的这一类短篇,在南洋时写得最多,当年我也一篇篇从《南洋商报》剪了下来贴成一本,可惜多年来遗失了,一直想重读,也一直没有机会。

来到香港定居,经常想念刘先生,但我们这些游戏文章的执笔人,与香港的纯文学圈子无缘,几十年下来,也没见过刘先生。直到最近,做电子书的傅伟强和杜沛梁来电,说约了刘先生,问我有无兴趣见面,我欣然前往。

刘太太罗佩云扶着刘以鬯先生来到,两人依然有才子佳人影子,一坐下来,我问刘先生今年贵庚。

“一百岁。”他说[1]。

刘太太笑着：“刘先生一九一八年出世，还没到，他总喜欢说个整数。”

当晚吃的是粤菜，刘先生是上海人，一定想吃些正宗一点的沪菜，我约了大家再去土瓜湾美善同里的一家叫“美华”的菜馆，这里做的蛤蜊炖蛋，还是很正宗的。

见面时刘太太拿出刘先生的《热带风雨》送给我，令我喜出望外，在南洋发表的那些短篇小说全部集齐，由获益公司出版，这是刘太太花了多年的心血，和多少个不眠不休的晚上，从旧稿中一篇篇地集合起来的。

更可贵的是在内页之中，看到刘先生在一九五二年摄于新加坡的旧照，样子绝对比梁朝伟英俊，也有刘太太一九五五年穿着马来纱笼的照片，我见到她时心中已大赞她年轻时一定是位大美人，证实了我没看错。

“结婚多久了？”我问。

“就快钻石婚，六十年。”刘太太答。

这些年，刘先生的生活都多得这位贤淑的太太照顾，他自己埋首于写稿和他的兴趣里面。玩些什么？邮票呀、砌模型呀、收集陶瓷呀！刘先生发挥了一边打麻将一边写稿的本领，写写稿也可以一边把模型砌好。什么模型？火车的那种，车轨旁边有房屋、山洞、营帐、驻军，一切照原尺寸缩小，异常地精密。

邮票呢？有买有卖，赚了不少钱，刘先生说。也许他们在太古

① 对话发生于2017年。

城的房子就是那么买的，当年就算写多少稿，也不容易储钱。至于陶瓷，刘先生已把普通的出让了，留下石湾最精巧的，其中一个公仔，还是倪匡兄送的。

还没有到无所不谈的阶段，但我也绕个圈子问刘太太："刘先生当年爱慕他的女人可真多，顾媚在自传中也坦白承认过。"

"那个年代的刘先生，怎会没有女人喜欢他呢？既然说刘先生是心爱的人，就不应该把以前的交往当宣传。"

最后还是不管三七二十一地问了："刘先生在结婚之后就没拈花惹草吗？"

刘太太笑了："这么说吧，我的命好过倪匡夫人。"

想交换一生的人

……

在阿寒湖"鹤雅"旅馆的大堂中，摆着一尊木雕，是一个少女坐在马的后臀上，人和马都朝天看，线条简单纯朴，刻工不规则之中，又带调和，一看就知道，非池中之物。

旅馆的每个角落还有其他作品。个性很强，即能认出，木像下面刻有作者名字：泷口政满，深深记住。

旅馆旁边有个倭奴村，专卖些纪念品，翌日我一早去散步，发现其中有间店是泷口先生开的，即刻走进去。

看见一位清瘦，束着长发的长者，带着一条土狗。和他讲话时，老人不瞅不睬。

店中有泷口在东京开展览会的单张，看履历表，原来与我同年出生，三岁时因肺炎发高烧，失去听力。

才知道刚才他并非傲慢，即刻掏出纸笔，问说有没有作品集出售。

长者微笑摇头，“哈哈啊啊”地做“本人寒微，没资格出书”手语，原来听觉障碍，也影响到说话。

店内作品数十件，泷口先生喜欢的主题是风与少女，人物造型脸略圆胖，一头长发飘风，每一尊木刻都是根据木头的原形雕出，更流露天然之美。另外是猫头鹰了，倭奴民族奉之为神，像佛像塑造各种形态供奉。

泷口出生于中国东北，四岁时返乡，念日语学校，二十二岁那一年一个人去北海道旅行，大概是那个时候看到倭奴人的木刻，深深爱上，就住了下来，一直生活至今。

我很佩服这种一生奉献给艺术工作的人，需很大的忍耐力。长年下来，对木头的条纹和质地摸索清楚，加工为作品，他住在阿寒湖畔，是因为可以找到大量由湖中漂来的浮木吧。这一刻，有把我一生和泷口先生交换的冲动，但到底是缺乏了那股勇气，低头叹息。

好玩

……

友人何先生白手成家，今年是他结婚二十五周年。

“答应我，别再做什么新的投资。”太太向他说，“今年，好好陪我一年。”

那是三个月之前的事，何先生现在跑来找我：“原来不做事也是那么辛苦的。”

我笑了出来：“可以出去走走呀！”

“有什么地方可去？”

“目前已是八月底，我们来设计一个玩一年的行程，从九月初开始吧。”我说。

“先飞什么地方？”

“纽约吧。”我说，“九月的天气纽约最好，有点凉意，穿件薄薄的毛衣就够了。”

“美国才有两百年文化，纽约有什么好玩？吃的方面又比不上很多地方。”

“你错了。”我说，“纽约不是美国，她是独特的。好餐厅很多，二十世纪四十年代有钱，把欧洲的文化都买了下来，那边的大都会博物馆和现代美术馆，可以看到最精彩的东西，布鲁克林大桥也漂亮。你看的角度会和伍迪·艾伦不一样，差不多每一间大厦都做过电影背景，一座座欣赏。”

“然后呢？”

“然后去法国南部，这是葡萄收割的尾声，又是食物最丰富的时候，懒洋洋的下午，光线从叶子缝中射下，每一个角度都是一幅印象派画。到了十月，飞去慕尼黑，很近，那里有个啤酒节，每年喝五百万升的啤酒，四十万条香肠，一年份的啤酒能在几天之内喝完。”

“我太太不喝酒的。”何先生说。

“那么带她去墨西哥好了，从十月三十一日到十一月二日，那边有个亡灵节。”

“你不是在咒我太太吧？”何先生问。

“绝对不是这个意思，墨西哥的任何一个地方，大街小巷里大家都在庆祝，大人把白糖做成个骷髅骨给小孩子吃，面对了死亡，就不必怕死。对你的人生也有帮助的。我认为这个嘉年华是我们一生一定要参加一次的。”

“十一月整个月还有什么地方可以去？”

“欧洲天气已渐冷了，地球的相反方向澳大利亚是春天的开始，很温和，新西兰也值得走走。”

“我太太说那边很闷，十二月呢？”

“十二月已进入圣诞节气氛，西欧国家太先进，太商业化。度圣诞节不如从匈牙利开始，到捷克去，寻找波西米亚的旧迹。在那里过圣诞节，每一个人拿出一瓶他们认为最好的酒埋在雪地里，大家分头去找，找得到就是你的，大人都像小孩子拼命找。”

“太冷了吧？一月呢？”

“一月可以走些你从来没到过的东南亚，像柬埔寨的吴哥窟等。缅甸有艘慢船很豪华的，也很少人懂得去欣赏，乘着它看西岸上的佛像，意境也很高。”

“我太太是天主教徒。二月呢？”

“回来过农历新年呀。不然在二月的第一个礼拜，飞去巴西好了。”

“老远地去巴西干什么？”

“哈，那里有一个全世界最热闹的狂欢节，疯狂到极点，随街跳舞。”

“我恐怕我的心脏受不了。”何先生说。

“那么去威尼斯好了，那边的节目从二月一日到十二日，每一个人都穿着古时候的衣服，戴了面具，又有划艇比赛，较龙舟更优雅。到了最后一天，大家集中在圣马可广场，把面具拿掉，大叫‘走、走、走’，很过瘾的。”

“我看过照片，太太说戴面具鬼里鬼气的。”

“三月的嘉年华不多，可以去欧洲大城市的各个博物馆看看画，走走古董跳蚤市场，到名餐厅吃东西。”

“我太太不懂得欣赏艺术品。四月的节目呢？”

“四月最好去泰国参加他们的泼水节，从十三日闹到十五日，到清迈好了，那边不像曼谷那么大，斗水也斯文一点，有些少女看你走过，拿一些水倒在你的肩膀上向你祝福。四月十日到十五日，去洛阳看牡丹，最豪华了。看完了洛阳的花，再飞日本赏樱，因为每一年的温度不同，早开迟放不知道，但在这一段时间去日本，从南到北，哪里有就飞到哪里去看，也叫追樱。”

“我太太还是喜欢逛百货公司多一点，五六七月呢？”

“这段时间玩北欧最适宜，没那么冷，坐邮轮比乘飞机好，几千个小岛在你眼前经过，是坐飞机得不到的体验。一直玩上去到俄国，在伏尔加河上看渔民刚刚抓起一尾比人还要大的鲟鱼，劏开肚吃最新鲜的鱼子；圣彼得堡的皇室收藏的画，一个星期也看不完。”

“我太太怕辛苦，八月呢，有什么地方去？”

“好个八月，二十六日到二十八日英国的诺丁山（Notting Hill）嘉年华最有文艺气息。早一点，在二十三日，到西班牙瓦伦西亚（Valencias）的布尼奥尔（Buñyol）小镇去参加西红柿大战，几大卡车的西红柿给你扔个不停，大家都返老还童。”

“不过，我太太会嫌脏。”何先生说。

我懒洋洋地说：“和你老婆留在家里，一定好玩。”

遇见墨西哥

……

我们旅行，目的地愈来愈刁钻，当今到冰岛或挪威看北极光好像也是平常事了。更偏门一点，跑到秘鲁去，爬上马丘比丘。

既然要到那么远，我觉得还是去一些吃得好的地方，何处觅？墨西哥也，今后一定能成热门旅游胜地。

并不难，飞去加州，再转机，一下子就到了，当年我为了找拍摄的外景，几乎跑遍南美洲，但就没有一个国家比墨西哥更欢乐。

一下飞机就听到音乐，街头巷尾都可以遇见流浪乐队，叫“Mariachi”，通常是四五个人一组，弹吉他，吹喇叭，拉小提琴，每一个都能唱，而且唱个不停。

乐队多了，竞争也剧烈，价钱调得很低。先到某市场走一趟，听到唱得好的，或者女士们认为是英俊潇洒的，就可问多少钱，墨西哥人有乐天和疏散的个性，懒得和你讨价还价，你会觉得他们的要求很合理。

如果你连找也嫌烦，请酒店介绍好了，他们推荐的一定有水平，然后雇一辆九人小巴士，把乐队载在后面，司机兼导游会带你各处去。一路上乐队唱个不停，也不是你完全不熟悉的歌，很多名曲，都是用西班牙语唱的。

见他们唱个不停，乐队唱个没完没了，自己也想露几手，但是一生没有碰过任何乐器，除了收音机之外。不懂得，不要紧，去市内的美拉达德拉工艺品市场（Mercado de Artesanias La Ciudadela）逛逛，这是一个巨大无比的市场，什么东西都有，先买一个土琴。

土琴是有七八根弦，不会弹怎么办？不要紧，不要紧，随琴送你一张纸，只要插入，便可以依照纸上的黑点弹起来，笨蛋都会。忽然，你便奏出一首*La Cucaracha*（《甲由》），是一首一听难忘的墨西哥民谣，歌词也非常荒诞。

在这个市集中，沿途可以买到又便宜又漂亮的纪念品，像墨西哥的大帽子、各种彩色缤纷的背包、玻璃、陶瓷器，艺术性比其他南美洲国家还高。最实用的，还是一件披肩，说是披肩，其实只是一张大被，折成两半，中间剪一个洞，给你把头套进去，即刻能够御寒。当年我买的那一件，用到现在，每遇寒冷天气，就从衣柜中取出来，用完了洗，当今还像新的。

市集中有更多的小贩档口，多数卖玉蜀黍[①]，先煮熟，再放在炭上烤得香喷喷、甜蜜蜜的，令人抗拒不了，看到走过的人手上都有一根，拼命啃。

粟米是当地最主要的食材，磨粉后做成饼，一片片的，有个土机器在烤，一片烧下又一片。最初以为没什么了不起，咬一口，香呀香，从来没有吃过那么香的饼，印度的薄饼要走开一旁。用这块饼，就可以包各种馅了，这一堆是肉，那一堆是烤甜椒。怎么叫，

---

① 玉蜀黍，即玉米。

都只要几个比索，合算自己的货币，大家又欢乐了。

纪念品太俗了，要高雅一点吗？去市内的弗里达·卡罗（Frida Kahlo）美术馆吧，欣赏这位一字眉的女画家一生的作品，再追索到她的情人迭戈·里维拉（Diego Rivera）的壁画，真是气概万千，一幅幅巨大的作品，让你感动。

没有那么清高的话，也有一个情色美术馆，你可以看到自古至今的各种生殖器造型，性交的姿势，要有强大的幻想力才能创造出来。

还是买些值钱的东西吧，墨西哥城的附近小镇塔斯科（Taxco）是一个产银的地方，各种银器，有些精细得令人叹为观止，贵是贵了一点，但比起大家抢购的世界名牌，只让你笑了。

要浪漫吧？有一个水乡叫霍奇米尔科的浮动花园（Floating Gardens of Xochimilco），那里有几百艘名副其实的“花艇”，画满了花，插遍了花，每艘艇都以女人为名，什么玛丽亚，什么玛格丽特，当然还有一艘叫碧昂丝。

人跳上，乐队也跳上，坐在船尾，让你一面游河，一面听到 *La Cucaracha*。

记得最清楚的，是当年看到烟花，想买回来放，当地朋友阻止，说：“那是死人时，才放的！”

原来死亡也可以当成欢乐，那边的人多短命，死，是日常的事，也没什么可以悲哀的，大家买烟花回来放。所以有了十一月的死人节，大举庆祝，墨西哥人不太会做生意，没想到这种节日可以吸引大量游客，前些时候的《零零七》电影中重现，才重新把这个节日组织好，有兴趣的话，等明年去狂欢一下吧，吃个白糖做的骷髅头，灌他一大瓶龙舌酒。

什么？龙舌酒也好喝？那年我离开时，工作人员每人掏出一点钱，买了一瓶“Gran Patron Platinum Tequila”给我，拿去旧金山，倪匡兄的家，打开了，香气扑鼻，两个人，一下子就把它干了。

生活在巴厘岛上

……

儿时，家中摆着一个木刻雕像，是个男人，耳边插了一朵大花，工细得不得了，木头又好，摩挲之后发出光泽，印象颇深。

问来源，是爸爸游巴厘岛得来，说不值钱，通街都是，顺手带返。

“为什么男人也插花？”

“巴厘岛的女人耕田，做家务，丈夫游手好闲，整天只懂得斗鸡，但是很有艺术性，在田里挖到一块泥就雕塑起来，干了成为石像，女人非常欣赏，将一朵花插在他的耳旁。”爸爸解释。

天下竟有这种事？

长大后去玩，发现父亲没有骗我，踏入巴厘岛后，就像进到艺术世界。

一般游客可能感受不到这种气氛，因为坐飞机抵达的巴厘岛国际机场，就是登巴萨地区，这个最没有情趣的地方，道路崎岖。两旁都是酒店，充满廉价的水疗馆，游客区中卖的东西也是行货。但始终它是巴厘岛的中心点，在酒店下榻后，到远一点的地区，才能找到真正的巴厘岛。

选酒店很重要，如果找到大集团经营的，那间间相同，与住马尔代夫或普吉岛没有分别，若太繁忙，招呼又差，那对这个美丽小岛的印象就更坏了。

看你的预算如何，在网上仔细观察，小巧玲珑的不少，印度尼西亚卢比几十万、几百万，其实是很少钱的。安顿下来后，就可以到登巴萨附近的名胜走走，浪很大的海滩虽美，但海水已被污染，看了倒胃。

必去的是海龙王庙，买票进入后，一路是猴子，会抢东西吃，别展示你那包薯仔片，否则后果不堪设想。小路走到尽头，有一停留处，供应紫色的纱笼，男男女女都得包上一条，是这里必须遵从的传统，如果嫌太热不包的话，在手腕上系上一条黄巾亦可。

海龙王庙处于悬崖上，景观甚为壮观，白色的大浪冲岸，令人留下深刻的印象，这也是登巴萨唯一不变的风景吧，其他的，商业化得很。

有些比较干净的海边，已被高官达人包下，进入得付数十块美金，但也和世界上的名沙滩一样，不只风景相同，连游客也长得差不多。

一脱离登巴萨区，到处可见大型的塑像，有的是宗教中的人物，有的是奇禽异兽，颇为宏伟，交到巴厘岛匠人的手上，只是雕虫小技。最常见的是个半人半猴，青面獠牙的怪兽，这是兴都教中出名的“Hanuman”①，在泰国、柬埔寨、老挝也朝拜此神。

一直往巴厘岛的中心地走，沿途可看到美丽的梯田，一般的依山而筑，这里的往下挖，梯田嘛，为什么不可以走下去而得往山上

① Hanuman，可译作哈奴曼，是泰国兴都教传说中的一只神猴。

爬，合理得很。

愈接近乌布区愈感到艺术气氛的浓厚，木刻的、石雕的、染布的、塑玻璃的，不只是整条街，而是整个村的人，都做同样的创作。他们日出而作，日落而息，不觉辛苦，每天刻一块木头，雕呀雕呀，一件艺术品就产生了。平凡的工匠依足传统抄袭，差不到哪里去，偶尔出现一位杰出的，就把想象力发展到无限的空间，做出令人叹为观止的作品，若想购买，也是一般人都有能力的价钱。

像一个千年的树根，锯为桌面，铺上玻璃，就是一件又美观又值得收藏的家具，像一块大岩石，挖一个洞，磨平了，就能当最漂亮的浴缸。

付不起的，是那搬运费。

来了巴厘岛，爱上这个地方，又在一个沙滩中，可买到蓝色的奄列，这是一种用有迷幻作用的草菰和鸡蛋做出来的美食，令人飘飘欲仙地过一个懒洋洋的下午，许多欧洲人询问一下，房屋竟然如此便宜，就干脆买下一间，把能找到的艺术品全部搬进去，又廉价地请了七八个家庭助理，过着一生想象不到的悠闲生活。如果认识对路的朋友，让你住个一头半月，的确是无上的享受。

一切俱备，就是差了吃的。巴厘岛人的精神生活丰富了，就不去管饮食，这方面可以说是极为贫乏的。

印度尼西亚菜不是很美味吗？但巴厘岛的不同，名餐厅卖的什么污糟鸭之类的，绝比不上我们的烧鹅。去最著名的烤猪店一试，皮一点也不脆，硬得要命。

烹调也得靠原料呀，到岛上最大的菜市走一圈，蔬菜枯黄、肉不新鲜、水果糜烂。一向每到一个地方必到菜市场一看，就能感到那里的活力，但在巴厘岛，只感沮丧。

不过还是值得去的，当今有家宝格丽的酒店，非常别致，西餐也发展得不错，如果在岛上长居，那么带一个中国厨子去吧，在海边还可以找到刚捕捉到的鱼虾，弄块地，自己种种蔬菜和水果，一定吃得好。再不然，从苏门答腊岛或爪哇岛上请一队会烧真正印度尼西亚菜的姨娘，才几个钱呀！

旅行所获

……

问："你说你已经不会回答重复的问题，我记得你还没有说过旅行，我们聊聊这一方面好吗？"

答："一讲起旅行，许多人都会问我：'你有什么地方没去过？'真可叹。我没去过的地方多矣！每次坐飞机，都喜欢读机内杂志，各国航空地图对自己国内航线的地图画得最清楚，我看到那些密密麻麻的小镇名字，就知道自己多活三辈子，也肯定走不完的。"

问："你最喜欢的是哪一个国家？"

答："这也是最多人问的问题之一，和问我最喜欢吃什么地方的菜一样。我的答案非常例牌，总是说最喜欢吃的菜，是和好朋友一起吃的菜。最喜欢的国家，是有好朋友的国家。并非敷衍，事实也是如此，每一个国家都有她的好处和缺点，很难以一个'最'字来评定。"

问："最讨厌的国家呢？"

答："最讨厌那些海关人员给我嘴脸看的国家。老子来花钱，为什么要看你那些不瞅不鸟的嘴脸？你是官，管自己的人民好了。我是客，至少要求自己的尊严。”

问：“那么下一次你就不会再去？”

答：“不。会再去。每一个国家的人，都有好有坏，不能一棍子打沉一条船。”

问：“像南斯拉夫那种穷乡僻壤，你也住过一年，为什么不选欧洲更好的国家住？”

答：“那是为了工作不得不住那么久，但是我也爱上你所谓的穷乡僻壤。住一个地方，愈住愈讨厌是消极的。发现她更多的好处也是另一种想法。所以我常说，天堂是你自己找出来的，地狱也是你自己挖出来的。”

问：“怎样找？”

答：“从食物着手是一个好的开始，有很多你没吃过的东西，有很多你没尝过的煮法，观察他们的生活方式，研究他们的历史等等，都是空谈。最好的办法，是和土女交朋友。”

问：“要是东西不好吃，女人难看呢？是不是可以举一个实例来说明？”

答：“我到尼泊尔去，就能学习颜色的看法。尼泊尔一切都是灰灰黄黄的，当地人也觉得单调，染出来织布的绳线颜色非常鲜艳和大胆。冲撞得厉害，也不觉得不调和，这对于我画画很有帮助。”

问：“从旅行，你还能学到什么东西？”

答：“学到谦虚和不贪心，我最爱重复的有两个故事：一个是我在印度山上，土女整天烧鸡给我吃，我问她有没有吃过鱼？她说什么是鱼？我画了一条给她看，说你没吃过鱼，真是可惜。她回答说：‘我没吃过鱼，有什么可惜？’另外一个故事是发生在西班牙的小岛上。一早出来散步，遇到一个老嬉皮在钓鱼，地中海清澈见底，我看到他面前鱼群很小尾，在另一边的很大，我向他说：'喂，老头，那边的鱼大，去那边钓吧！'你知道他怎么回答？他说：'我钓的，只是午餐。'"

问："去完一个地方，回来可以做些什么？"

答："最好是以种种方式把旅行的经验记录下来，能用文字的人写出来好了。或者画画，不然用相机拍，总是要留些回忆，储蓄来在老的时候用。忘得一干二净的话，以后坐在摇椅上，两只眼睛空空地望着前面，什么美好东西都想不起，是很可悲的。"

问："你是不是一定要住最好的，吃最好的？"

答："旅行分层次，年轻时拼命吸收的旅行，任何条件都不在乎。就算头顶上没有一片瓦，背袋当枕头也能照睡。经济条件得到改善，便要求吃得更好，住得更好，这是必然的。但是当你有了高级享受，就失去了刺激和冲动。每一个层次都有它的好处和缺点，不过一有机会便要即刻动身，不能等。"

问："对于目的地的选择呢？"

答："没去过的地方，哪里都好，可从到新界开始，再发展到澳门、新马泰，要避免去假地方。"

问："什么叫假地方？"

答："像日本九州的豪斯登堡，很多香港人去，我就觉得乏味，它是一个假荷兰，说是一切依足建筑，但是走进大堂，就看到'出口''入口'的牌子，还有'非常口'呢。荷兰人哪会用汉字？真正的荷兰，也不过是十二小时的直飞。世界已小，不能浪费在假地方上。"

问："到一个地方去，事前要花什么工夫？"

答："买所有的参考书来看，详细研究地理历史文化，去的时候遇到当地人，对他们的国家有所了解，是一份尊敬，他们会更乐意做你的朋友，要是研究了竟然去不成，也等于去过了。"

问："不过也有句古语说，行万里路胜过看万卷书呀！"

答："不对，读书还是最好的。读得愈多，人生的层次愈高，这是金庸先生教我的。他写小说的时候没去过北京，但书中的描述比住在当地的人更详细清楚。只要资料做足就是。高阳先生写的历史小说，很多地方他也都没去过。日本有几本极畅销的外国旅游书，作者从不露面，新闻界追踪，最后在一个乡下找到，原来他是一个从来没踏出过日本本土一步的土佬。"

问："有很多地方我也想去，但是考虑了很久，还是去不成，怎么办？"

答："想走就走，放下一切，世界不会因为没有了你而不运转的，说走就走，你没胆，我借给你。"

阶段人生回顾

……

问："你是一九四一年出生的，已六十多岁[①]，做个回顾吧，有什么感想？"

---

① 对话发生于2002年。

答："一时说不出有什么感想，只觉得快。是的，人生过得太快了。"

问："是怎么的一种快法？"

答："所谓快活、快活，就是痛快地活着，当我三十岁时看了一部叫《2001：太空漫游》的片子，我屈指算算，唉，到了二〇〇一年，我已六十，会是怎么的一个样子？现在想起来，像昨天的事。照照镜子，我只能说一个老字。"

问："心境还是算年轻吧？"

答："这句话，老的人常挂在嘴边，其实老了就老了，没有什么心境年轻这一回事儿。相反地，年轻人活得不快乐，样子看起来就很老，老过他们的实际年龄很多，我周围也常出现这一类人，像专家常指导我，我一直当他们是我爷爷。"

问："你呢？你年轻时是怎么一个样子？"

答："十五六岁时一直想快点老，留了小胡子，邵逸夫爵士生日，爸爸和我去祝寿，他从小看我长大，向我说：我大你三十几年，我还没有胡子，怎么你会有胡子？（笑）"

问："后来是不是变得很老成？"

答："也不见得。至少这是人家告诉我的。朋友说我的样子长得比实际年龄还要年轻。十二三年前和倪匡兄、黄霑兄做访谈节目时，我已经四十多岁，但看起来并不像。直到五六年前，我父亲去世时，我非常悲哀，老得厉害，我相信一夜白头这种事。经过后，我恢复真正的样子，活到六十，就像六十，是个普通老头。"

问："请说多一点令尊去世的事，你哭了？"

答："是的，我哭了，我一生之中除了小孩子时不懂事之外，很少哭过，女朋友离开时当然不哭，教我书法的冯康侯老师过世的时候，我哭了。接下来就是爸爸去世的时候，我想，我以后已经不会流泪了。”

问：“谈开心一点的事吧。”

答：“是的，谈开心一点的事吧。”

问：“你活了六十多年，有多少个女朋友？”

答：“我带旅行团，吃饭后大家聚在一起聊天，有位团友也问过我同样的问题。我回答说有五十个。”

问：“为什么有五十？”

答：“从十多岁开始懂事，你知道南洋的孩子是早熟的，刚好是五十年，一年一个，不算多吧？（笑）”

问：“谈到男女事，你为什么老是不正经？”

答：“如果你了解男女事，你也不会正经。”

问：“到底学到了什么？”

答：“学到尽量不要去伤害别人。年轻时不懂得这种感情，好奇心重，拼命去试，伤害了不少人。过后觉得自己也同时受了伤，所以可以避免，就要避免。”

问：“对生、老、病、死的看法？”

答：“我常开黄霑兄的玩笑，他大我几个月，我说生，你已经生了下来了，没什么好谈。老，你已经老了。病？你的太太是医院院长的女儿，病了有人照顾，至于死，你死定。人生有什么好大惊小怪的？（笑）”

问：“说到人生，你也不正经。”

答：“如果你了解人生，你也不会正经。”

问：“既然死是必然的事，你有没有想过这个问题？”

答：“当然，我们受中国教育的人，最不好就是不肯正视这个问题，死亡是人生的一部分，接触愈多，愈看得透彻。可以当旅行时，从外国人学习，墨西哥人穷困，死亡一直陪伴着他们，所以有死亡节日，像巴西人的嘉年华会，大放烟花，小孩子买做成骷髅形的白糖来吃，和死亡为伍，惯了，就不怕了。我们中国人总是不去谈它。太怕死了，不是好事。”

问：“既然你不介意这件事，那么怎么死法，才算死得好？”

答：“死，要死得尊严，就像老要老得尊严一样。”

问：“先谈老得尊严。”

答：“老，一定要老得干净，干干净净就有尊严。不管身上穿的是名牌，还是花园街[①]买的衣服，都要洁白、笔直的。头发，如果还剩下的话，要梳一梳。胡子，当然还有啦，留着也好，但是要修整，不然就刮光。中间路线，总给别人一个不干净的感觉，这也不是做给别人看，老了还管人家那么许多？自己感觉到干净，就有尊严，走路最好腰背直。不弯腰，人更有尊严。”

问：“谈一谈死的尊严吧！”

答：“好。”

问：“什么叫作死得尊严？请举一个例子。”

答：“比方说，得了癌症，被拖得不像人形，就是死得不尊严了。”

问：“你看过相吗？”

答：“人家要替我看的时候，我总是说：从前的事，我比你清楚；今后的事，我不想知道。”

问：“现在呢？”

---

① 花园街，香港著名购物区之一。

答："到了六十多，还活得不错的话，不是命是什么？可以看相了，可以让占卜者指示一条路。如果对方说像我爸爸一样，活到九十，那么还有三十年，就乖乖地听医生的话，做个所谓的枯燥健康人，要是算命先生说几年之后有个过不了的关，那么就尽量放纵，任何芥蒂都没有了，做一些先前没沉迷过的事，把生命燃烧，如果生命像蜡烛的话，要烧就烧两头，照得光亮一点。"

问："你这么说，会不会教坏年轻人？"

答："倪匡兄说过，好的孩子教不坏；坏的孩子教不好。而且，只因听了我一席话，就有那么大的影响的话，我可以去创造一个新宗教。"

问："你不是创造了吃吃喝喝的'宗教'吗？"

答："（笑）是的，吃吃喝喝，人生之中，最实际了。说完从来没有后悔过，健康是次要的问题。"

问："写作方面，有没有想过退休？"

答："这是我近来常想的问题。天天在报纸上写专栏，占去我人生不少时间，我宁愿拿这些时间去玩，去学习新东西。稿费虽然不错，但少了也活得下去，还想写的信念，是答谢读者的支持。写得不好，没人看，报馆就炒你鱿鱼，很现实，很正常。我们天天写，读者天天看，已经建立了一种家庭关系。有一本杂志的编辑向我说，同样题材已经登了几年，换一种新的好不好？我说不好。你和你爸爸也相处了几十年，你要换你的爸爸吗？结果他当然说不换了。（笑）"

问："但是会不会真的不写呢？"

答："总会有一天停下来，一个作者，不写了，就等于死了。也许有一天我会突然宣布自己的死亡。省掉读者事后的哀悼。"

图书在版编目（CIP）数据

大吃人间烟火 / 蔡澜著. -- 北京：中国轻工业出版社，2024.11. --ISBN 978-7-5184-5097-8

Ⅰ. I267

中国国家版本馆CIP数据核字第2024AV4301号

责任编辑：王晓琛

策划编辑：张　弘　　责任终审：劳国强　　封面设计：伍毓泉

版式设计：锋尚设计　　责任校对：朱燕春　　责任监印：张京华

出版发行：中国轻工业出版社（北京鲁谷东街5号，邮编：100040）

印　　刷：北京博海升彩色印刷有限公司

经　　销：各地新华书店

版　　次：2024年11月第1版第1次印刷

开　　本：880 × 1230　1/32　印张：6

字　　数：200千字

书　　号：ISBN　978-7-5184-5097-8　定价：58.00元

邮购电话：010-85119873

发行电话：010-85119832　010-85119912

网　　址：http://www.chlip.com.cn

Email：club@chlip.com.cn

231367W1X101ZYW